Les couteaux dans l'eau

Arlette Welty Domon

Les couteaux dans l'eau

Roman

LE LYS BLEU
ÉDITIONS

ISBN : 979-10-377-8012-6

Préface

« Est-ce que cela signifie que vous préparez la guerre contre la France ? »

« Ce n'est pas encore contre la France, comprends-moi bien. C'est contre la puissance coloniale. »

Voilà une phrase essentielle du livre qui résume en quelques mots le drame franco-algérien, le drame de deux peuples qui n'avaient aucune raison de se haïr, mais qui se retrouvent piégés par le système colonial. Un système-impasse très bien restitué par l'aventure de Si Mohand accueilli par les froides remontrances du préfet, lui qui s'attendait à être couvert d'éloges pour avoir combattu les hordes nazies pour le compte de la France dont il n'était que le sujet et pas même le citoyen.

Ce livre redonne vie à la période charnière de l'après-guerre où tout va se décider pour longtemps. Les uns avec leur radicalité anticoloniale et les autres dans leur candeur et leurs ambiguïtés.

Sans la férocité des massacres et des représailles du 08 mai 1945, véritable antichambre de la vraie guerre d'Algérie, sans l'acharnement du lobby colonial à vouloir les ignorer, les Algériens n'auraient peut-être pas précipité leur entrée dans l'Histoire, entraînant malgré eux ces carrefours fratricides dans lesquels aurait pu tomber l'un ou l'autre des protagonistes qui ont tenté de retisser avec l'énergie du désespoir les éléments d'un langage humaniste commun.

C'est avec une réelle émotion que l'on retrouve dans ce récit les tentatives désespérées de faire parler le même langage à tous les jeunes d'Algérie, quelle que fût leur confession. Mais aussi l'histoire du mouvement national qui va glisser rapidement de l'establishment soft des conseils municipaux, du scoutisme ou des partis politiques vers la révolution armée. Le système colonial était ainsi conçu, c'était comme son ADN, une partie de la société méconnaissait l'autre, fut-elle plus nombreuse et plus ancienne sur ces terres.

Cette séquence du livre est magistrale, deux peuples qui coexistent sans cohabiter ne peuvent pas avoir les mêmes rêves, ne voient pas les mêmes couleurs dans les arbres, n'entendent pas les mêmes bruits. À force de ne pas se parler, ils finissent par ne plus s'entendre.

Merci, Arlette, de nous laisser cette petite merveille du dialogue de sourds entre la supposée Fatma et la supposée Georgette.

Ce livre écrit par le cœur autant que par la main est là pour nous apprendre à ne jamais oublier, ni occulter que la guerre de libération algérienne est l'acte politique majeur du peuple algérien, celui par lequel il fait irruption sur la scène des nations en affirmant sa volonté de payer le prix nécessaire pour sortir de « l'indignité coloniale ».

À ne pas confondre avec une quelconque haine tenace entre les deux peuples, le parcours remarquable d'Arlette et de Jean Domon en est l'illustration la plus aboutie.

À ne pas confondre avec une quelconque haine tenace entre les deux peuples, le parcours remarquable d'Arlette et de Jean Domon en est l'illustration la plus aboutie *et c'est exactement le propos du poète algérien Bachir Hadj Ali qui disait dans son* **Serment** *:*

Je jure sur l'amitié vécue des amours différées,
Je jure sur la haine et la foi qui entretiennent la flamme…
Que nous n'avons pas de haine contre le peuple français.

Quelle belle réplique au presque même mot d'Aragon dans l'Affiche Rouge :

Je meurs sans haine en moi pour le peuple allemand.

Et si c'était ça la quintessence du message de ce livre ?

Bachir Dahak
Administrateur de Coup de Soleil, Languedoc-Roussillon

Prologue en forme de confession

Alger est ma ville bien-aimée. L'Algérie est le pays où je me croyais chez moi.

Pendant la guerre de 39-45 j'ai vibré à l'écoute de la Marseillaise et suivi sur la carte les progrès des Alliés contre les troupes d'Hitler et je me sentais Française de cœur. Je n'avais d'yeux que pour la France, les pieds sur le sol algérien où ma lignée remontait jusqu'à la quatrième génération.

Qu'est-ce qui aurait pu me faire croire que tout cela n'était qu'un leurre ? que ceux que je côtoyais étaient mal habillés non par manque de goût, mais par manque d'argent ; ciraient les chaussures des passants, non par manque d'imagination, mais parce que l'école ne leur était pas accessible ; que s'ils nous semblaient inférieurs, ce n'était pas par manque d'intelligence, mais parce qu'ils avaient leur propre culture, à l'opposé de la nôtre.

Hélas ! orgueilleux que nous étions, si nous avions pris au sérieux leur sagesse – que nous traitions de fainéantise – peut-être aurions-nous pu réaliser un grand peuple, mais je rêve...

Il m'aura fallu plusieurs années et un traumatisme avant qu'une sorte d'exorcisme m'ouvre les yeux ; un voyage inattendu pour constater l'amabilité et la sympathie manifestées par les Algériens dans les rues de ma ville. Et maintenant qu'ils m'ont affirmé que j'y étais chez moi, je me sens associée à leur grand mouvement de liberté de démocratie de bonheur de vivre.

Aujourd'hui en les voyant se débattre pour la Justice et la Démocratie, je sais que le désir est toujours là, que le courage les habite toujours, et que j'ai toujours raison de croire qu'ils y arriveront. Et tant pis si je ne suis plus là pour le voir.

Mon amour les accompagne.

Arlette Welty Domon, Montpellier, août 2022

Alger, la Madrague, mai 1948

Éliane ne marchait pas, elle dansait. Elle virevoltait comme ses cheveux qu'elle avait souples et ondulés, laissant dans son sillage quelque chose de vaporeux, un alizé de printemps, un parfum de fleurs fraîches qui tournait un peu la tête. Éliane souriait à la vie qui le lui rendait tout en douceurs et agréments divers. Précisément, l'été s'annonçait prometteur de loisirs et de rencontres et, bien que ses notes au bac, anémiques dans toutes les disciplines, lui eussent rendu une troisième « Première » indispensable, Éliane estimait qu'elle avait un niveau suffisant pour tenir une maison et fonder une famille heureuse.

Elle ne manquait pas de prétendants parmi les fils de colons qui la courtisaient assidûment. Elle n'aurait aucune peine, pensait-elle, à dénicher la perle rare, l'unique, qui l'épouserait pour elle et non pour les orangeraies que son père, Fernand Tradier possédait dans la Mitidja.

Pour ouvrir les réjouissances, elle allait donner une surprise-party dans la villa de ses parents à la Madrague et laisserait les choses venir d'elles-mêmes.

Lorsqu'elle fit part de son intention à sa jumelle, elle n'obtint qu'un haussement d'épaules pour toute approbation. Isabelle ne se sentait pas concernée par les vacances, elle avait décidé d'anticiper son entrée en Fac de Lettres par des lectures intensives afin d'engranger à l'avance du blé à moudre. Le jeune prof de philo nouvellement nommé au lycée Delacroix, qu'une amie de la famille lui avait présenté lors d'un méchoui à Guyotville, lui avait conseillé de commencer par le théâtre de Sartre, et elle dévorait littéralement *Les mains sales* qui venait de sortir.

Isa, comme tout le monde l'appelait, goûtait la compagnie du jeune professeur récemment débarqué de métropole, car il avait toujours quelque chose d'intéressant à dire. Un léger strabisme mal dissimulé par des lunettes cerclées d'écailles, suffisait à nimber le jeune parisien d'une aura vaguement sartrienne, dans l'inconscient de l'apprentie philosophe. N'appartenait-il pas à la mouvance existentialiste ? Sans être vraiment physiquement attirant, il lui permettait, sans plus, d'échapper à la meute des copains d'Éliane.

Il arrive parfois que deux vraies jumelles se livrent au jeu infernal des ressemblances. Mais pour ces deux-là, la différence était une garantie d'indépendance, une question de vie ou de mort à laquelle chacune d'elles s'accrochait farouchement. Aussi brune qu'Éliane était blonde, aussi sportive qu'Éliane était rêveuse, aussi naturelle qu'Éliane était sophistiquée, Isa méprisait l'entourage futile de sa sœur : des garçons sans réel projet de vie, qui se contentaient de dépenser l'argent de leurs papas, en attendant de se couler dans le moule que la famille leur avait préparé dès la naissance. Ils n'avaient de conversation que les bêtes expressions stéréotypées qui leur servaient à flirter avec les filles qui se laissaient faire.

Antoine, par exemple, avec ses boutons sur la figure, lui inspirait un peu plus de pitié que les autres, tant il était gauche et timide. Mais, Dieu ! qu'il était ennuyeux. Elle détestait franchement Gérald qui demandait cyniquement aux filles la date de leurs dernières règles pour éviter qu'elles ne tombent enceintes de ses œuvres. Quant à Robert, que tout le monde appelait Roméo, l'éternel amoureux éconduit par plus d'une Juliette goguenarde, il semblait ne vivre que pour accrocher les cœurs à sa mèche blonde et raide, toujours en rideau sur les yeux.

Et puis Tim, le passionné de jazz qui connaissait tous les jazzmen que le débarquement de 42 avait propulsés à Alger sous l'uniforme des GI. Il n'avait, durant la période de guerre, jamais manqué aucun des concerts donnés en plein air sur l'esplanade du Gouvernement général par les musiques militaires américaines. C'était pour lui une libération de l'esprit, un souffle de vie, l'espoir d'une victoire déjà incontestable.

Parlant parfaitement anglais, il servait d'intermédiaire entre les responsables des Jeunesses musicales de France et les vedettes américaines de passage. Il avait accueilli chez lui le saxophoniste Don Byas lors de son dernier séjour à Alger.

Éliane lui avait confié le programme de danse de sa réception grâce au luxueux électrophone que ses parents venaient d'acheter chez Colin.[1]

Et puis il y avait quelques inconditionnelles copines d'Éliane qu'Isa ne connaissait pas vraiment.

Cependant Isa appréciait Simon, étudiant en médecine, fils d'un tailleur de la rue Bab Azoun, tellement rigolo et à l'aise dans tous les milieux, toujours entouré d'un essaim de filles piaillant de rire. Le parfait boute-en-train qui fait la réussite d'une soirée sans jamais déraper dans la vulgarité. Gérald, de dépit, le surnommait : « le boy-scout ». Mais pouvait-on s'attacher à un juif lorsqu'on était de famille très catholique ?

À ce compte, il y avait bien aussi Saïd, l'ami de Simon, un Kabyle, fils de notable, *de grande tente* précisait pompeusement la tante Albertine qui cherchait à minimiser l'insolite fréquentation de ses nièces. Il était blond et ses yeux si verts avaient un reflet presque inquiétant. Il avait quelque chose de différent, de puissant, une stature inattendue de Celte. Son aisance naturelle, mais aussi sa retenue, on pouvait dire sa pudeur forçaient le respect. Surtout lorsqu'on savait qu'il préparait brillamment son diplôme d'ingénieur agronome et s'apprêtait à entrer à l'Institut de Montpellier.

Mais Isa considérait qu'elle n'avait pas de temps à perdre avec la gent masculine.

Pour ce qui est de la féminine, elle avait depuis longtemps renoncé à trouver une amie, une vraie à qui l'on peut se confier. Parfois, elle consentait à livrer ses impressions à la petite Francine qui la suivait

[1] Grand magasin de musique et instruments, rue Dumont d'Urville.

comme son ombre, tellement émerveillée de graviter dans un milieu qui la dépassait, mais la tolérait on ne sait trop pourquoi, comme faire-valoir probablement. Et Isa ne s'en privait pas. Elle sentait chez la jeune fille, une telle admiration, voire une dévotion pour tout ce qu'elle entreprenait, qu'elle ne manquait pas une occasion de prouver sa supériorité.

Son jeu favori consistait à plonger du rocher le plus haut et à ne refaire surface qu'à la toute dernière limite de sa respiration, le plus loin possible, là où on ne l'attendait pas. L'effroi, mais aussi l'admiration qu'elle lisait dans les yeux de Francine lui étaient nécessaires pour parader devant les poules mouillées de l'entourage d'Éliane. Ce faisant, elle en remontrait aussi aux garçons qui préféraient exhiber leurs muscles d'athlètes sur le sable. Il n'y en avait qu'un pour relever le défi. C'était Saïd.

Depuis dix-sept heures, Éliane était fin prête. Elle venait d'enfiler sa robe d'organdi bleu ciel qu'elle avait fait amidonner la veille. Dorée par le soleil, ses longs cheveux déployés sur ses épaules nues, la taille finement soulignée par une ceinture d'argent, elle semblait sortir d'un calice de fleur. La chaleur avait cédé au vent du nord et les vagues en rouleaux venaient se fracasser sur les rochers tout proches, apportant sur la terrasse des embruns poisseux.

En pantalon rouge et chemisette sport, penchée sur la balustrade, les narines frémissantes, les yeux mi-clos, aux antipodes de sa fausse jumelle comme elle aimait à le souligner, Isa goûtait le déchaînement du tonnerre qui éclatait à ses pieds. Elle comptait le temps qui s'écoulait entre deux déflagrations, et mentalement, commandait l'explosion par la seule force de sa volonté. Immobile, environnée de vapeur, enivrée par l'odeur âcre des algues arrachées à leurs hauts fonds, les cheveux plaqués, mouillés de sel, Isa semblait le symbole de la tempête.

Les invités commençaient à arriver et à boire au salon, transformé en piste de danse. *Petite Fleur*, de Sydney Bechet choisie par Tim parvenait assourdie jusqu'à l'extérieur. Et chacun, après avoir tenté de saluer Isa sur la terrasse, battait en retraite à l'intérieur. Roméo s'approcha d'elle.

« Tu ne veux toujours pas danser ? »

— Je t'avoue que je n'ai pas encore eu le temps d'apprendre et, pour être franche, cela ne me prive pas du tout.

— Une fille comme toi, quel dommage ! Ou alors, tu n'aimes pas les garçons, Isa ?

Le regard d'Isa se fit cruel :

— Quand je te regarde, je me demande ce qu'on peut leur trouver, en effet ! Puis, elle rentra. Au salon, les rires, les cris et la musique dispensaient de conversation. Isa se réfugia au bar et se servit un verre d'orangeade.

Maintenant, un cercle s'était formé pour laisser la piste à un couple saisi par la frénésie d'un swing endiablé. S'approchant des spectateurs qui, des mains, rythmaient le contretemps, Isa eut un choc en voyant Francine manipulée, soulevée, renversée par Saïd complètement déchaîné. Il semblait possédé par le rythme, bien qu'il maîtrisât parfaitement la danse. Il dirigeait sa danseuse comme on mate un taureau, la dominant, la dédaignant, l'esquivant, la pliant à sa volonté.

Un frisson parcourut l'échine d'Isa. Malgré elle, ses pieds se mirent à marquer le tempo avec la contrebasse. Pourquoi Saïd ne l'avait-il pas invitée, plutôt que cette godiche, raide et sans réflexe ? Dans un éblouissement, elle se vit dans ses bras, s'abandonnant à la volonté du danseur et soudain, le jeune Kabyle lui apparut alors comme un homme, un vis-à-vis, un partenaire désirable, capable de faire plier une femme et de la rendre heureuse. Isa n'avait pas l'habitude d'étouffer ses sentiments, mais cette prise de conscience la mettait mal à l'aise. Elle n'allait pas capituler subitement parce que ce type dansait bien. Et alors ? si elle en avait envie ? De plus, c'était un Kabyle. La belle affaire ! Cela ajouterait du poivre à l'aventure.

Elle ouvrit brusquement le cercle et s'élança. Écartant Francine sans aménité, elle se saisit de la main de Saïd et tournoya en cadence, essayant de suivre le rythme qu'il imposait jusqu'à en perdre le souffle. L'enthousiasme était à son comble dans l'assistance, et les applaudissements à la hauteur de la performance.

Le couple venait de se séparer. Francine, plus rouge que le pantalon d'Isa, se précipitait sur un Orangina. Saïd, redevenu maître de lui-même, sortait prendre l'air sur la terrasse.

Lorsqu'Isa sortit à son tour, Saïd avait disparu. Elle crut apercevoir sa silhouette le long de la plage, mais son orgueil l'empêcha de le rejoindre.

À minuit sonnant, Éliane décréta qu'il était l'heure du bain. Chacun se précipita dans les chambres pour enfiler son maillot. Dans une joyeuse mêlée, les convives se jetèrent dans les flots bouillonnants, tout en gardant les pieds sur le sable. Isa piqua une tête et s'éloigna rapidement. Un instant plus tard, dans le fracas du remous, elle crut entendre des appels. Elle s'aperçut alors que les lumières du rivage s'étaient dangereusement éloignées. Entre deux rouleaux elle put voir des bras s'agiter dans sa direction et comprit qu'on lui demandait de rentrer. Elle lutta un bon moment avant de remonter le courant qui l'entraînait vers le large. Enfin, épuisée, elle se laissa glisser sur le sable, près d'Éliane, malade d'angoisse.

— Tu es folle de partir si loin ! Tu cherches à te rendre intéressante ou à saboter ma soirée ?

Isa allait répondre lorsqu'elle s'aperçut que sa sœur tenait la main de Saïd : « Elle s'octroie tous les droits », pensa-t-elle furieuse. Elle se leva brusquement et regagna la villa par les escaliers intérieurs.

Sous les lumières tamisées du salon, *Laura*, un slow velouté, avec ses langoureuses variations du saxo de Don Byas, rassemblait les moins courageux des convives.

Tim discutait avec Simon du nouveau Festival de jazz à Nice. Pour lui, Hugues Panassié était un dieu vivant qui venait d'enfanter un extraordinaire évènement en allant lui-même débusquer en Amérique les jazzmen que l'Amérique négligeait.

Simon, fan du saxophoniste Mez Mezzrow, appréciait l'enthousiasme de Tim et le suivait dans sa passion pour le tout nouveau Hot jazz de France.

Antoine les écoutait avec intérêt n'osant se mêler à cette discussion savante.

Gérald, congestionné, serrait de très près la rousse Hélène qui tentait vainement d'éloigner son cou de la bouche gourmande du garçon. Robert lorgnait Chantal d'un œil ravageur, en prenant des poses de conquérant irrésistible.

Les baigneurs entraient bruyamment. Isa sortait de la salle de bains, elle croisa Éliane toujours suivie de Saïd.

« On dirait que ça t'amuse de faire peur aux gens, attaqua celle-ci. Tu n'es pas drôle, tu sais ! »

— Peut-être, mais au moins je ne suis pas trouillarde comme toi, répliqua Isa. Puis elle entra dans sa chambre.

Saïd fumait sur la terrasse. Peu à peu il reprenait ses esprits. Il regrettait de s'être donné en spectacle, mais c'était pour calmer la colère qu'il sentait grandir en lui, à voir cette jeunesse bourgeoise inactive et que rien ne motivait que la vie facile. Il avait cédé à l'insistance de Simon, son copain de classe, son ami qui lui avait révélé le Scoutisme. Simon était routier chez les E.I (Éclaireurs israélites). Saïd chez les SMA (Scouts musulmans algériens). Et ce soir, il avait dû renoncer à une réunion, à laquelle ses chefs avaient l'air de tenir, pour débattre de l'intransigeance de Messali Hadj sur les élections de l'Assemblée algérienne fallait-il ou non jouer le jeu démocratique proposé par la France avec les dés manifestement pipés par le Gouverneur de l'Algérie ?[2]

Mais Simon l'avait retenu depuis si longtemps pour cette soirée de la Madrague, qu'il avait eu la faiblesse – ou l'amitié – de lui céder.

Maintenant il était furieux contre lui-même. Rapidement lassé des propos insipides des garçons, il avait préféré s'étourdir en dansant et s'il avait invité la petite Francine, c'est qu'elle seule n'était pas de ce monde d'inutiles et de profiteurs où il se savait lui-même juste toléré.

[2] Allusion aux élections truquées de l'Assemblée algérienne de 1948.

Les modestes origines paysannes de la petite Espagnole la lui rendaient plus proche. Elle était la seule de par sa condition, à n'être pas en mesure de lui résister. Et il se serait tué plutôt que d'essuyer un refus de ces filles de colons. Pourtant, l'épisode Isa, plutôt flatteur, l'incitait à en tirer parti. Qu'il le veuille ou non, ces futiles donzelles n'étaient pas pour lui. Elles n'avaient que l'amour à la bouche, ces idiotes. Comme si c'était le moteur du monde. Lui ne pouvait s'encombrer de cette faiblesse. Il lui fallait construire sa vie, il lui fallait conquérir son droit, il lui fallait reconquérir son pays. Quant à choisir une femme, son père y pourvoirait en temps voulu.

Il sentit une présence derrière lui et se retourna. De la fenêtre de sa chambre, Isa le regardait dans l'obscurité.

« Bonsoir », dit-il.

Isa claqua les volets.

Saïd sourit sous l'insulte. Au moins, celle-ci avait du caractère. Elle était différente des filles de sa famille. Très peu « fille » d'ailleurs. Son geste, ce soir, le rendait curieux de la mieux connaître bien qu'il pressentît les multiples obstacles. Elle lui faisait penser à la fougueuse pouliche que son père lui avait offerte pour ses dix-huit ans. Il se prit du même désir de la dompter. Ce défi à lui-même lui redonna confiance et son sourire s'accentua.

Alger, université

Dans les allées, de l'Université, l'ombre était légère autour des grands palmiers, mais les haies de phœnix et de bougainvillées offraient un circuit plus respirable en ces derniers jours de juin. Les grands examens n'étaient pas encore terminés et les étudiants étaient toujours aussi nombreux.

Simon et Saïd se revirent dans ces jardins. À l'ombre des palmiers majestueux qui accompagnaient chaque série d'escaliers, Simon interpella son ami :

— Alors, tu n'as pas trop souffert à la surboum ?

— Souffert, non. C'est moi qui plaignais ces pauvres garçons tellement... vides !

— Tu ne les as pas tous rencontrés ! moi qui les connais bien...

— Écoute, coupa Saïd si tu me le prouves, je veux bien tenter une nouvelle approche de ces milieux plutôt inhabituels pour moi, mais si c'est pour perdre mon temps, pas question de recommencer !

— Tu es bien pessimiste. Avoue que tu t'es taillé un franc succès avec *in the mood* non ? Toutes les filles...

— Les filles ne m'intéressent pas, coupa Saïd. Elles n'ont pas beaucoup plus de conversation.

— Mais je croyais pourtant que tu cherchais le contact avec d'autres groupes pour une action d'ampleur ?

Saïd sembla réajuster sa pensée. Il se replaça dans son monde scout et s'anima d'un coup :

— Ah ! pardon ! je n'ai jamais parlé des groupes de parasites, mais de ceux qui ont un cerveau et qui s'en servent ! ceux qui réfléchissent à leur manière de vivre avec leurs semblables, ceux qui n'ont pas peur de changer leur focale pour parler avec des inconnus, pour s'ajuster à une vision commune.

La proposition que nous faisons aux autres troupes scoutes est basée sur la compréhension et l'amitié entre gens de bonne volonté, tu comprends ça ?

— J'ai ce qu'il te faut ! s'écria Simon sur le ton du commerçant persuasif en pensant à son oncle tailleur, je participe ce soir à un rassemblement des étudiants et lycéens unionistes, rue Michelet et...

— Pourquoi unionistes ?

— Parce que j'y ai de bons copains depuis la guerre où, sous Pétain, mon frère et moi étions planqués. Je crois que tu t'entendrais avec ceux-là. Ils ont pour habitude d'écouter avant de répondre.

Saïd marqua son étonnement. Il ne connaissait rien sur le passé de Simon.

— Oui nous avons habité chez des bourgeois protestants qui avaient deux fils scouts, c'est comme ça que nous avons été embarqués dans l'aventure qui continue. Tu devrais les rencontrer.

Saïd était visiblement pressé.

— D'accord, on en reparlera

Après avoir convenu d'un rendez-vous, les deux amis se séparèrent et Simon descendit en direction de la rue Michelet.

14, rue Michelet

Un grand portail donnait accès à un immeuble haussmannien dont le rez-de-chaussée consistait en une grande salle louée pour les manifestations des Mouvements de jeunesse unionistes. Elle semblait pleine lorsque Simon entra. Plusieurs mains se levèrent pour le saluer, mais il se dirigea vers son ami Michel qui fréquentait aussi le groupe de la Madrague.

— Tu sais pourquoi nous sommes là ? lui demanda celui-ci.

— Pas vraiment, mais j'ai entendu dire qu'on va inciter tous les mouvements de jeunesse à s'embarquer dans l'animation des petits Arabes des quartiers Beau Fraisier et autres qui traînent dans les rues, pour leur donner envie de devenir boy-scouts.

— Pourquoi ça ?

— Parce que le Gouvernement général veut s'assurer que tous ses poussins rentreront le soir dans son poulailler plutôt que de se faire croquer par les renards nationalistes.

— Bah ! tu vois de la politique partout !

— Crois-le… dit Simon goguenard.

— Mes amis ! lança la voix du responsable des Étudiants.

Le bruit et les conversations cessèrent… « Nous vous avions demandé de venir pour vous exposer un projet commun d'animation sociale auquel les Scouts de France et les Scouts musulmans algériens voudraient nous associer. Mais après les troubles graves provoqués par les dernières élections de l'Assemblée algérienne[3], nous voudrions d'abord vous informer des suites que nous avons données.

---

[3] L'Assemblée algérienne organise les 4 et 12 avril 1948 les élections de ses deux Collèges, soit 120 membres élus séparément. D'une part, un million et demi d'Européens (60 membres) et d'autre part, huit millions d'indigènes musulmans (60

Il se trouve que le journal Alger Républicain publie un manifeste d'étudiants… »

— On copine avec les communistes maintenant ? l'interrompit une voix.

— … manifeste, reprit avec calme l'orateur, avec lequel nous sommes d'accord et qui montre la nécessité d'une réaction commune des jeunes chrétiens contre les agissements conservateurs du Gouvernement général.

— Avec votre permission, je dirais « des agissements colonialistes du Gouvernement général », précisa d'une voix claire le prof de philo du Lycée Delacroix.

Avant que l'assemblée ne réagisse, Christine, la présidente des Étudiants se leva :

— Pour gagner du temps, je suis moi-même allée signer à Alger Républicain.

La réaction de la salle se fit houleuse. Les commentaires allaient bon train.

Paul, le représentant des lycéens, se leva à son tour : « … et je pense que tu as signé pour toi-même non ? »

— Non. J'ai signé au nom des étudiants et des lycéens chrétiens !

La houle maintenant frisait la tempête. Tout le monde parlait à la fois et de plus en plus fort.

À grand renfort de « … s'il vous plaît ! silence ! s'il vous plaît ! est-ce qu'on pourrait m'expliquer… » la voix puissante de Simon finit par obtenir le calme :

— Est-ce que nous pourrions savoir de quoi parle ce « manifeste » avant de se déclarer pour ou contre ?

Christine reprit la parole : « Il manifeste contre l'arrestation de jeunes musulmans qui protestaient contre le trucage des élections en faveur des seuls députés européens ! Et je peux vous donner des détails sur ces trucages tellement débiles qu'on en a honte. »

---

membres administratifs). L'annulation de la première de ces élections donnera lieu à des manifestations publiques. Le procédé sera traité de gigantesque opération de trucage en métropole et à l'étranger.

Le tohu-bohu reprit de plus belle.

Christine poursuivit :

— Je peux vous raconter comment des autocars pleins de paysans ramassés dans les bleds sont arrivés dans les villes et conduits directement dans les bureaux de vote, avec leur vote en main !

— Qu'est-ce qui nous prouve que ça s'est passé comme ça ? s'exclama Paul.

— Le fait que ceux qui l'ont dénoncé ont été arrêtés ! lui renvoya Christine.

Maintenant, deux camps s'affrontaient âprement entre lesquels le prof de philo de Delacroix jouait les pacificateurs tout en soutenant d'évidence les thèses nationalistes : « Allons, profitons d'être en démocratie pour nous montrer adultes ! Nous n'allons pas tolérer une si grossière entorse à la Loi de la République ! Il faut faire barrage au colonialisme, en toute légalité ! »

S'adressant à Christine, Paul enchaîna :

— De toute façon, tu ne peux pas parler au nom des lycéens ; d'abord, ils ne sont pas majeurs !

— Parce que selon toi, il faut être majeur pour avoir du courage ? rétorqua Christine.

Une partie de l'assistance rit franchement.

— Tu n'avais pas à signer un manifeste au nom du groupe de lycéens, alors que toi-même tu es étudiante.

— Mais c'est contre l'injustice que j'ai signé ! contre le trucage des élections, et contre l'incarcération des jeunes musulmans qui protestaient. Eux au moins, ils n'ont pas eu peur. Je pensais que les jeunes chrétiens ne pouvaient qu'être d'accord. Mais, vous êtes incapables de prendre position ! Votre couardise m'écœure !

— Cependant, toi tu t'es rendue coupable d'un abus de pouvoir !

L'assistance réagit bruyamment. Dans la confusion, une voix s'éleva : « Il vaudrait mieux séparer la branche lycéenne de la branche étudiante ! »

Une autre : « Non, il faut les dissoudre toutes les deux ! »

C'est alors qu'Aline, une lycéenne d'ordinaire plutôt réservée, bondit devant le groupe, se plaça entre Paul et Christine et s'écria, révoltée : « Ah, non, mais ! Vous devenez tous hystériques tout d'un coup ! De quoi parlez-vous, de l'association qui nous a sortis de l'enfance, qui nous a appris à penser juste, ou d'un patronage débile du siècle dernier et sans opinion ? Une scission dans le groupe de lycéens ? une dissolution des étudiants ? Et où irez-vous pour trouver mieux ?

Vous êtes ridicules. Au lieu d'expliquer chacun calmement vos raisons, vous lancez l'artillerie pour vous détruire ! C'est ça que vous appelez une attitude de chrétien ? »

Le silence se fit. Le calme semblait revenir peu à peu, les discussions rassemblaient de petits groupes très agités, mais il n'y eut pas de reprise de parole ni de décision officielle. Et comme il était près de 21 h, l'assistance commença à s'effilocher.

Dans le fond de la salle, un groupe plus important de responsables entourait encore le pasteur référent qui tentait d'apaiser les passions. Il entreprit Christine encore sous le coup de son algarade avec Paul et lui conseilla de faire une déclaration directement au groupement du manifeste qui avait lancé la pétition, mais pas à Alger Républicain qui l'avait relayé, ce qui apaiserait le débat. De plus vous pourrez leur expliquer que vous ne pouviez signer qu'en votre nom propre, car le groupement de lycéens, vu son âge moyen et son manque d'information, préfère ne pas prendre position.

Christine et son entourage finirent par accepter le procédé.

La paix était revenue.

Alger, place du Gouvernement

En ce matin du 27 mai 1948, le soleil inondait déjà la Place du Gouvernement alors que Saïd descendait du tram… Le petit port de Plaisance, près de l'Amirauté, frétillait de tous ses voiliers. On entendait le cliquetis des haubans après le passage d'un hors-bord qui créait quelques remous.

Saïd contourna la Mosquée et descendit le long de la Rampe de la Pêcherie. L'odeur du poisson frais se répandait généreusement.

Le local était entr'ouvert et il vit Omar assis derrière le bureau d'entrée.

— Salam Omar, tu es bien matinal.

— J'attends le courrier, au cas où l'Administration se déciderait à nous verser la subvention que nous attendons depuis plus d'un an.

— Sais-tu si les chefs vont venir ce matin ?

— Comme tous les vendredis, après la mosquée. Pourquoi ? Tu veux voir qui ?

— J'aimerais que les routiers commencent leur animation des quartiers comme prévu. Pour cela il faut précipiter les rencontres, mais surtout organiser les équipes. Si on veut lancer nos camps d'été, il faut s'y prendre maintenant.

Omar resta silencieux un moment, puis d'un air gêné il regarda Saïd :

— Je ne crois pas que tout le monde soit d'accord…

— Sur quoi ? s'étonna Saïd.

— Sur la constitution des équipes, sur la collaboration avec les autres Scouts d'Alger.

Saïd eut l'air stupéfait. « Quoi ? ça vient d'où ça ? Qui n'est pas d'accord ? »

— Tu sais, mon frère, on a recruté le plus de jeunes possible dans nos troupes et certains parmi les nouveaux sont plutôt… comment dire, convaincus de leur supériorité et…

— Quoi ? les nouveaux ? Tu veux dire que les Routiers[4] envoyés par Slimane contestent déjà notre manière de faire ?

— Il me semble avoir entendu…

— Tu as entendu ou ils t'ont dit ?

— Non, non, ils parlaient entre eux et…

— Précise s'il te plaît !

— Eh bien ils aimeraient qu'on s'occupe d'eux avant d'aller chercher les petits cireurs des quartiers.

— Ça veut dire quoi s'occuper d'eux ?

— Eh ben, leur apprendre des choses, les former pour être chefs !

Saïd s'était rembruni.

— Mais il ne s'agissait pas d'eux ! S'ils commencent par interpréter ce qui ne les concerne pas, on n'est pas prêts à en faire de vrais scouts. A l'occasion rappelle-leur que notre loi est : « Sois prêt » et non pas : « Moi d'abord ».

Sur ce, il s'en alla, soucieux. Que signifiait cette réflexion inattendue ? Tout le monde avait confiance en Slimane, un vieux copain du bled et s'était réjoui de le voir participer au recrutement de la jeunesse algérienne afin de lui donner une éducation sociale dont sa condition l'avait toujours privée. Les SMA étaient prêts pour ce travail pédagogique, mais aussi psychologique et humain. Saïd y croyait au point de consacrer tout son temps et sa passion en dehors de ses études.

Mais aujourd'hui il avait décidé de prendre congé des jeunes rencontrés à la Madrague, afin de rester en contact, on ne sait jamais…

Il remonta la Rampe de la Pêcherie et s'en alla prendre le bus de Guyotville, direction la Madrague.

---

[4] Branche aînée des Éclaireurs.

La Madrague

Juin déjà. Les vacances commençaient au rythme des bains, des fêtes, des départs en France pour certains, des retours pour d'autres. Mais les plages étaient toujours pleines de baigneurs. Les parasols les décoraient de la lisière de l'eau à la route ou aux cabanons proches.

La route jusqu'à Guyotville passait par le quartier des Deux Moulins puis longeait la mer et ses reflets métalliques entre deux séries de cabanons plus ou moins vétustes. Certains avaient déjà réjoui plusieurs générations de baigneurs.

Avant de rentrer en Kabylie, Saïd avait eu la délicatesse de venir prendre congé des jumelles. Dans ce contexte nouveau, moins artificiel que celui de la surboum où la conversation porta sur les études et leur préparation, Isa brilla et s'humanisa visiblement. Elle se passionna pour les informations que lui donna Saïd sur l'Institut qui allait faire de lui un ingénieur agronome, mais aussi le réformateur des cultures que son père, Si Mohand possédait en Kabylie. Toujours avec modestie, il se montra cultivé et intelligent. Seule, Éliane s'ennuyait et ses remarques tombaient toujours à plat. Finalement, lorsque Saïd s'anima en décrivant le projet d'union de la jeunesse algérienne qu'il soutenait, y compris avec les mouvements chrétiens et ceux qu'il appelait *les neutres* Isa se montra captivée, mais Éliane les laissa en tête à tête et s'en alla parfaire son bronzage sur la plage. Passionnés par leur discussion, ils ne s'aperçurent qu'ils étaient seuls que lorsque le rayon vert se refléta furtivement dans les yeux d'Isa.

— Il y a vraiment de jeunes Français qui veulent y participer ? dit-elle incrédule.

Alors Saïd avec une satisfaction évidente lui raconta le camp de Sidi Ferruch où tous les dirigeants du Scoutisme algérien avaient invité les chefs Scouts et éclaireurs de France ainsi que les jeunes chrétiens favorables au dialogue avec les jeunes musulmans et avaient découvert de part et d'autre des interlocuteurs sincères. Ils avaient décidé de mettre au point une stratégie commune.

— Quel genre de stratégie ?

— Une ou des actions sociales, des rencontres entre jeunes d'origine européenne ou d'origine musulmane où on lancerait des séances d'alphabétisation, des consultations d'aide sociale ou même des consultations médicales gratuites pour les populations défavorisées.

Mais aussi des rencontres de réflexion sur des thèmes porteurs comme la faim, le chômage, le colonialisme…

— Ah ? s'étonna Isa, ça devient politique…

— Non. Pas du tout. C'est vital… À moins que chercher à faire manger chacun selon sa faim soit une action politique.

— Je parlais du colonialisme, reprit Isa. Le colonialisme ne mange pas tout ! il donne du travail à ceux qui veulent manger.

Saïd resta un moment silencieux.

— C'est là que, si nous continuons comme ça nous allons faire de la politique, Isa. Or, le scoutisme est apolitique. Les actions sociales que nous envisageons n'ont de but qu'humanitaire et équitable. Ce sont des valeurs universelles qui nous sont précieuses.

— Alors, pourquoi parler de colonialisme ?

— Parce que c'est un fait avéré, incontestable, que nous pourrions rendre plus humain en réfléchissant un peu. Ça pourrait devenir une discussion passionnante et vitale pour nous tous. D'ailleurs je serais heureux si tu pouvais assister à l'une de nos prochaines réunions, tu pourrais prendre part au débat.

Isa resta un long moment silencieuse.

— Je ne me vois pas tenir des propos de sociologie qui me dépasseraient.

— Mais Isa, c'est de ta vie, de ton avenir que tu parles ! explosa Saïd. De ton avenir avec nous tous, tu ne trouves pas cela important ?

Ou alors, tu es dans le camp de ceux qui ne veulent rien savoir du malheur des autres et surtout ne rien changer à leur confort !

— Mais on paye des gens pour s'occuper de ces questions, pourquoi intervenir à leur place, dit Isa, le visage soudain fermé.

— Quand ces gens ne font pas ce qu'on leur demande, il faut changer le système.

Saïd se leva, visiblement déçu.

— Bon. Eh bien au revoir Isa, peut-être nous reverrons-nous à la rentrée…

— Attends, je ne refuse pas de venir à ta rencontre, mais je ne voudrais pas que tu sois déçu si je n'ouvre pas la bouche. Où cela se passe-t-il ?

— Si tu es sûre de pouvoir venir jeudi prochain, je t'attendrai à 14 h devant la Grande Poste.

— Conclu !

Maintenant ils avaient retrouvé le sourire, pourtant chacun d'eux s'interrogeait sur la suite à donner à cette discussion.

Local SMA

Le jeudi suivant, vers 14 h 30, Simon vit arriver dans la grande salle de la Pêcherie Saïd, suivi d'Isa très décontractée. Dissimulant son étonnement, il salua celle-ci chaleureusement.

— Tu t'intéresses à l'animation populaire, Isa ? Voilà qui est parfait !

— Ne sois pas si rapide, cher Simon. Je viens seulement voir comment tout cela peut s'organiser.

Tout en parlant, elle observait la foule de jeunes gens et jeunes filles qui l'entourait. Saïd parlait un peu plus loin avec un grand garçon en culottes courtes et foulard coloré autour du cou.

Isa s'étonna :

— Que font les filles en uniforme ici ? Je croyais qu'elles ne pouvaient pas se mélanger aux garçons.

— Oh ! tout cela a bien changé, dit Simon, ces filles-là sont les cheftaines d'unités scoutes de petites filles musulmanes.

— Je ne savais pas que le scoutisme musulman était si développé.

— C'est ça qui est formidable. Petit à petit toute la jeunesse se rapproche et travaille ensemble. Tu sais, avec de la bonne volonté, on peut faire beaucoup. Surtout lorsqu'on s'aperçoit qu'on n'est pas si différents les uns des autres.

— Je te trouve bien optimiste réagit Isa.

— Ben, tu verras par toi-même conclut Simon en saluant deux scouts qui entraient.

Maintenant les cinq chefs routiers, dont Saïd, s'installaient derrière la table sur l'estrade. Après les salutations d'usage, celui qui semblait présider prit la parole.

— Merci aux Scouts et aux amis de venir participer à cette réunion qui va faire avancer notre projet d'union des jeunesses d'Algérie. Maintenant que ce choix a été fait par la dernière commission du Scoutisme algérien, et même approuvé par le Gouvernement général, nous pouvons avancer dans l'organisation et envisager l'action dans ses détails.

À l'évocation du Gouvernement général, le sourire discret de certains chefs alignés sur l'estrade n'échappa pas à Isa qui se tourna vers Simon :

— C'est quoi ce sous-entendu ?

— Le G. G. a la réputation de promettre des subventions qui n'arrivent jamais. En tous cas aux scouts musulmans.

— Le Conseil a désigné les quartiers, aujourd'hui accessibles, où nous devons concentrer nos efforts poursuivit le président de séance, il s'agit de Barardi (Oued Ouchayah) et de Fontaine Fraîche.

— Une troupe unioniste s'est déjà inscrite pour Fontaine fraîche, interrompit l'un des cinq chefs, Mais vous pouvez encore vous inscrire dit-il en désignant la salle.

Une jeune cheftaine en uniforme demanda la parole.

— Nous avons déjà opéré dans les quartiers d'Ouchayah avec trois cheftaines, mais ça n'a pas été une réussite.

— Précisez s'il vous plaît.

— Eh bien pour les filles, on nous les confie jusqu'à 12, 13 ans après… barakat !

La discussion se fit générale. Tout le monde réprouvait ces contraintes islamiques, mais le sujet semblait intouchable. Le meneur du débat conclut avec les cheftaines d'un rendez-vous spécial pour discuter de ce problème. On sentait que pour les auditeurs, comme pour les chefs réunis sur l'estrade, d'autres sujets avaient priorité.

— Passons maintenant au sujet suivant : quelle formation adopter pour les troupes d'Éclaireurs ? Slimane, tu voulais intervenir ?

— Oui, je voulais surtout qu'on ne revienne pas sur les techniques manuelles dont nous avons déjà parlé, mais qu'on aborde le sujet de fond.

— D'accord, lequel ?

— Eh bien, ces garçons sont impatients de se former aux techniques de base comme la préparation militaire par exemple.

Cette fois c'est un tollé qui accueillit ces propos. La voix calme de Simon émergea :

— Pour se battre contre quel ennemi ?

— Il ne s'agit pas d'ennemis, poursuivit Slimane, mais les hommes comme les garçons doivent être prêts à montrer leur savoir dans le domaine de la force.

Dans le brouhaha ont saisissait les mots de militarisme… embrigadement… jeunesses hitlériennes… Baden Powell… Saïd demanda la parole et finit par l'obtenir :

— On a parlé de santé physique et morale au camp de formation, mais le paramilitaire en a toujours été exclu. L'Armée s'en charge largement sans que nous ayons à intervenir. L'idéal scout n'a rien à voir avec l'idéal militaire. Il est axé sur l'accueil et non sur la défense.

Il fut longuement applaudi.

Au bout d'un moment Slimane reprit la parole :

— Mais je ne faisais que retransmettre les propos des scouts eux-mêmes ! On leur donne un mot d'ordre : « Suivre la voie de Dieu et servir ma Patrie ».

— Et alors ?

— À ton avis c'est quoi la Patrie ?

La question sembla tétaniser l'assemblée jusqu'à ce qu'un chef routier catholique s'exprime avec évidence :

— La France, bien sûr !

Une salve de protestations et de rires empêcha quiconque de répondre pendant un bon moment.

Simon profita du calme revenu pour élever la voix :

— Moi je suis né dans le Touat (son visage brun et typé ne permettait aucune contestation) et je n'ai aucun mal à dire que ma patrie c'est ce que j'ai vu autour de moi quand j'ai ouvert les yeux. Le visage de ma mère et ses chants qui me berçaient. Et aussi les copains avec qui j'ai fait tout ce qu'on peut faire quand on est enfant. Et ces paysages grandioses qui battent tous les records de beauté. Ma patrie c'est le lieu loin duquel je ne saurais pas vivre.

L'émotion commençait à poindre dans la salle. Pour reprendre la main, Slimane lança :

— Et la France alors ?

— La France… c'est ma grand-mère d'origine étrangère qui vient me voir chez moi… des fois…

Tout le monde éclata de rire.

— Pardon, reprit le Routier, la France n'est pas un sujet de plaisanterie. Je vous rappelle que nos pères viennent de donner cinq ans de leur vie pour la libérer.

— Les nôtres aussi, dit calmement Saïd Seulement ils n'ont pas eu le même accueil avec des fleurs autour du cou en descendant du bateau…

Les visages commençaient à se tendre, l'inquiétude se lisait dans les regards. Beaucoup parlaient à voix basse, mais le nom qui revenait le plus souvent était : Sétif.

Le président de séance reprit avec sévérité :

— Est-ce qu'on pourrait ne pas déraper s'il vous plaît ?

Slimane intervint : « Oui, revenons à l'essentiel : n'oublions pas que c'est nous qui faisons promettre sur l'honneur à nos scouts de servir leur patrie. Et leur patrie, c'est l'Algérie, l'Algérie algérienne, l'Algérie arabe ! »

Cette fois tous les chefs présents manifestaient leur colère. Jusqu'à ce que Saïd se lève, indigné :

— Non ! l'Algérie n'est pas Arabe. Je ne suis pas Arabe, mais Berbère et je suis Algérien tout autant que toi. Quand comprendrez-vous enfin cela ? Nous les Kabyles, nous sommes des Berbères, et nous parlions Amazigh bien avant que les Arabes s'installent chez nous. Alors nous avons bien notre place dans la patrie algérienne, non ?

Un chef routier se leva également : « Je voudrais que vous compreniez aussi vous tous, que nous les Français nés en Algérie, comptons très souvent des arrière-grands-parents nés sur ce territoire, et nous nous considérons naturellement comme Algériens depuis quatre générations. »

— Alors, où est le problème ? constata Simon jovial.

— Vous n'allez pas faire sécession avec la France, quand même ! s'écria Isa, hors d'elle ou alors faites la révolution tant que vous y êtes !

— Silence ! clamait le président à la foule agitée. Qui parle de sécession ? Une communauté peut être plurielle et rester communauté, non ? C'est ce que nous essayons de réaliser avec le scoutisme aujourd'hui. La Loi scoute est un chemin tout tracé que nous enseignons aux jeunes pour en faire des garçons – et des filles – vertueux et consciencieux ayant le sens de l'honneur.

Et en obéissant à la même loi, on se ressemble et on travaille ensemble au service des plus faibles. Pourquoi en faire une affaire politique tout à fait hors sujet ?

— Parce que c'est aussi l'école du patriotisme, Papa, nargua un scout dans l'assemblée. Comme connaître l'Algérie, son histoire et ses héros, c'est être patriote ; ou se dévouer pour les *mesquines* dans les rues de son quartier, c'est ça être patriote ! s'obliger à rendre service à quelqu'un chaque jour, comme l'exige la loi scoute, ça aussi c'est du patriotisme !

Il y eut quelques applaudissements.

Le plus âgé des chefs routiers se leva à son tour :

— Le scoutisme, mes amis, sert le patriotisme lorsqu'il lutte contre l'indifférence des jeunes à la politique, lorsqu'il leur apprend à ne pas avaler tout ce qu'on leur donne à boire, mais à critiquer même jusqu'aux institutions du pays, pour être un citoyen éclairé aussi bien dans les élections qu'on lui propose, que lorsqu'on l'oblige à défendre sa patrie si elle est vraiment menacée.

Après quelques approbations et considérations diverses, on jugea la question beaucoup trop vaste pour continuer ce soir la séance qui déjà avait été longue.

C'est alors qu'Omar s'avança devant la table des Chefs scouts :

— Chers amis, la maison vous offre sa gazouze de l'amitié, si vous acceptez de vous déplacer vers le local d'accueil à l'entrée. Vous êtes tous attendus.

L'assemblée se disloqua par petits groupes qui s'engagèrent vers le lieu de rafraîchissements.

Au passage, Isa prit le bras de Saïd. Elle le regardait droit dans les yeux :

— Qu'est-ce que c'est cette histoire de collier de fleurs autour du cou ? Saïd, d'abord souriant, se rembrunit :

— Mon père a fait la guerre, il a même fait la bataille de Monte Cassino. Lorsqu'il est rentré au pays, on lui a appris que son frère venait d'être tué dans une manifestation qui célébrait la fin de la guerre.

Les yeux d'Isa s'agrandissaient d'incompréhension.

— Oui, il s'était placé derrière le scout qui portait le drapeau algérien, ce que le préfet avait interdit.

— Qu'est-ce que vous prenez du Selecto ou de l'Orangina ? leur demanda Omar, interrompant la discussion tout en présentant son plateau. Assez parler ! buvez maintenant ! Puis il s'éloigna vers un autre groupe.

Isa restait muette. Elle semblait ne rien comprendre à cette situation.

— Quoi, dit Saïd tu n'as pas entendu parler du massacre de Sétif ?

— … Mais je te jure que non !

— Où étais-tu le 8 mai 45 ?

— Ben, chez moi, ou du moins dans Alger en fête, à danser devant la Grande Poste ou rue d'Isly, partout où il y avait un orchestre pour cela.

— Et personne ne t'a parlé de ce défilé qui a mal tourné à Sétif et de ses suites incroyables ?

— Mais non Saïd, je t'assure, ça n'a pas transpiré jusqu'ici.

— J'aurais dû m'en douter, imbécile que je suis. Tout le monde avait la tête ailleurs le jour de la Victoire.

Isa était très troublée. Saïd se tut. Autour d'eux les conversations étaient très animées et personne ne remarqua leur silence.

— Viens, dit tout à coup Saïd à Isa, la prenant par la main. Ils s'échappèrent par la Rampe de la Pêcherie jusqu'au boulevard Front de Mer.

Dans le local d'accueil, les conversations continuaient par petits groupes. Simon avait été happé par plusieurs de ses amis auxquels quelques curieux s'étaient joints.

— Simon, raconte-nous comment, venu du Touat, tu t'es retrouvé étudiant à Alger.

— Pour commencer qui peut situer le Touat parmi vous ? demanda Simon.

— Ah ! tout de même, on n'est pas des nuls.

— C'est bien au sud du Grand Erg occidental non ? dit un étudiant.

— Capitale Adrar, dit un autre.

Simon, étonné de ce savoir, se rendit :

— C'est bon ! Vous avez gagné. En fait j'aurais dû naître à Alger où mon père était commerçant. Mais mes grands-parents tenaient à ce que je sois comme eux, un enfant du Touat. Alors ma mère a dû faire le trajet dans son dernier mois pour leur faire plaisir.

— Ça, c'est de l'obéissance filiale au moins !

— Encore heureux qu'ils ne l'aient pas obligée à accoucher à Jérusalem pour honorer leurs pères et les pères de leurs grands-pères jusqu'à leurs ancêtres juifs qui en avaient été chassés par les Romains.

— Ah ! ah ! s'esclaffa l'étudiant, ils ne s'étaient pas perdus de vue entre temps ?

— Oh ! tu sais, contre la fidélité juive, tu ne peux pas lutter répliqua Simon

Un autre groupe questionnait Slimane sur le sujet qu'ils étaient venus discuter : le regroupement des associations de jeunes pour une action commune, et qui avait été abandonnée au bénéfice de la question du patriotisme algérien.

— Il me semblait juste, dit le chef routier, de mettre les cartes sur table avant toute discussion. On ne peut pas se jouer des enfants sous prétexte de leur apprendre à grandir. Les nœuds et les jeux de ballon, ça ne fait pas d'eux des hommes. Baden Powell lui-même l'a bien compris. Et, prenant un air pontifiant : « Le scoutisme est un jeu dans lequel des frères et sœurs aînés offrent à leurs cadets un milieu sain et des activités saines qui puissent les aider à développer leur civisme ».

— Bravo ! bravo !

— Ben oui, dit l'un de ses interlocuteurs, mais est-ce que le para militaire peut développer le civisme ?

— Le para militaire est une technique qu'on peut mettre au service du civisme qui est une éthique.

— Oh ! là, je te vois venir, alors civisme et patriotisme c'est la même chose ?

— Slimane, on va fermer, s'écria Omar. Ou vous continuez à parler dehors ou alors je te donne la clé du local…

— Voilà, voilà on s'en va. Venez, on va parler sur la place.

Alger, boulevard Front de Mer

La nuit tombait vite à Alger et au loin, surlignant la baie comme des crayons phosphorescents, les lumières de la Route moutonnière portaient la vue très loin vers Maison Blanche d'où un avion décollait à l'instant. On pouvait le suivre comme une comète jusqu'à ce grand noir qui réunissait le ciel et la mer.

Isa et Saïd marchaient dans un silence qu'aucun d'eux n'osait prendre la responsabilité de rompre tant le décor était impressionnant : une longue ligne de lumières dessinant la côte où les autos, dans le lointain, semblaient des insectes pressés.

Mais Saïd était troublé par leur dernière conversation. Il hésitait entre le désir d'informer Isa de ce dont elle n'avait pas la moindre idée, et la crainte d'une réaction qui couperait court à leur relation.

Finalement il se lança : « Que connais-tu de l'Algérie ? »

La formule était intrigante. Isa réfléchit puis se lança :

— C'est mon pays, parce que c'est aussi celui où est née mon arrière-grand-mère, c'est un pays plein de magnifiques paysages, plein de plages sublimes, plein de montagnes impressionnantes qui se couvrent de neige l'hiver ; c'est un pays plein de gens sympas quoiqu'exubérants et je l'aime.

— Connais-tu la réalité de ce pays que tu aimes ?

— Mais c'est tout ça et plus encore ! Que veux-tu dire ?

— Tout à l'heure on a parlé des quartiers populeux d'Hussein Dey, de Fontaine fraîche. Es-tu déjà entrée dans un bidonville, Isa ?

— Ah ! non. Jamais

— Et pourquoi ?

— Parce que je n'ai rien à y faire que j'y serais mal reçue.

— Autrement dit tu ne cherches pas à savoir ce qu'il y a derrière ces baraques. Tu crains surtout la boue sur tes chaussures.

— Mais enfin…

— Écoute-moi. Lorsqu'on a parlé d'eux tout à l'heure, c'est parce qu'ils se trouvent dans une telle misère que personne ne peut plus l'ignorer. Ils manquent de tout, de nourriture d'abord, de travail, bien sûr, de soins médicaux, d'éducation et surtout de projet de vie. C'est toute une population de misérables qui vit à côté de nous sans que personne ne s'en soucie.

— Alors ?

— Alors il faut d'abord les VOIR. Et Saïd appuya sur ce mot. Ce sont des hommes, des femmes, comme nous. Et puis, il faut faire quelque chose pour eux et rapidement.

— Mais c'est énorme ce que tu me demandes ! C'est une affaire de spécialistes !

— Non, c'est à des gens comme nous qu'il revient d'amorcer ce travail et de l'organiser si l'on veut faire vite. C'est pour ça que nous, faisons appel à tous ces mouvements de jeunes.

— Mais vous avez parlé d'animation, moi j'avais compris des jeux ?

— Il faut bien commencer par rassembler les enfants. Après ce sera l'affaire des spécialistes.

— Je ne vois pas très bien…

— Partant des enfants, ce qu'il faut c'est créer une vie collective afin que tous se sentent concernés, et que chacun comprenne que c'est lui qui nous intéresse. Il nous faudra entrer en amitié avec tous ces gens pour qu'ils admettent qu'on ne vient pas que pour leur distribuer de la farine ou des vêtements – ce que nous ferons dans l'urgence d'ailleurs – mais que nous les aiderons à s'organiser pour se fournir eux-mêmes.

— Mon père te traiterait de communiste, dit Isa en riant.

— Et moi de colonialiste !

Isa laissa couler en elle ces paroles. Elle se sentait déstabilisée. La conviction de Saïd l'ébranlait. Il ne s'agissait plus de philosopher, comme avec le prof de Delacroix, mais de réfléchir à partir de la pâte humaine et bien au-delà, et avec respect, pour lui permettre de redécouvrir sa dignité.

Isa analysait tous ces mots et se sentait maintenant sur un terrain inconnu.

— J'ai l'impression de n'avoir pas vécu dans le même pays que toi jusqu'à présent dit-elle.

— C'est certain. Puisque personne ne s'y intéresse dans ton entourage.

— Mais pourquoi ne pas alerter les services sociaux…

— Sais-tu à combien de personnes ils auraient affaire du jour au lendemain ?

Ils ne sont pas équipés pour soigner des foules. Nous envisageons de traiter ce problème par petits secteurs et avec des bénévoles, pas des fonctionnaires.

Il lui laissa le temps d'imaginer avant de devenir grave :

— Isa, ce dont nous rêvons c'est d'amener petit à petit cette population misérable à vivre une vraie vie collective avec des organismes d'orientation du travail afin de pouvoir un jour intégrer la communauté européenne, d'égal à égal.

— Quelle utopie !

— Oui, nous la revendiquons. Rien ne pourra se faire si ce n'est pensé bien à l'avance.

Isa reprit sa marche tout en réfléchissant silencieusement. Saïd sentait que ses paroles avaient secoué Isabelle Tradier, fille de député de l'Assemblée algérienne et exploitant de la Mitidja.

Au bout d'un moment, il s'arrêta, le dos contre la balustrade du boulevard et retint Isa des deux mains.

— Isa, je ne peux pas continuer à marcher à tes côtés si je ne sais pas ce que tu penses au fond de toi.

— Qu'est-ce que tu entends par marcher à mes côtés ?

— Isa, tu n'es pas n'importe quelle femme et j'avoue que depuis que je te connais, je ne me retrouve plus comme avant, libre et indépendant, souverain de moi-même…

— Attends, tu n'es pas en train de me dire que tu es amoureux tout de même ?

— Et pourquoi pas ? c'est défendu ?

Le désarroi s'emparait de cette fille à la réputation d'insensibilité, voire de froideur.

— Je ne te voyais pas dans ce rôle et…

— Ne change pas de sujet. Réponds-moi avec ta franchise habituelle.

— Écoute Saïd, c'est la première fois qu'on me parle comme ça. Laisse-moi me reprendre s'il te plaît.

C'est à ce moment que, du plus haut minaret de la mosquée toute proche, une mélopée s'éleva composée d'arabesques musicales savantes, envoûtantes, fascinantes.

Saïd plongea ses yeux dans les yeux d'Isabelle qui ne se détourna pas, mais sentit une grande force l'envahir, un grand apaisement. Elle vivait au fond d'elle un bouleversement total. La présence de ce garçon si fort et si calme lui procurait un incroyable bien être.

De son côté ce jeune Berbère, lourd de tradition, entrait pour la première fois de sa vie, dans la légèreté, la liberté, la joie de vivre.

En silence, les deux jeunes gens communiaient dans la prière de ce chant coranique sans s'apercevoir qu'ils souriaient tous les deux. Ils étaient forts, ils étaient confiants, un enthousiasme commun prenait forme en eux, qu'ils ne cherchaient pas à analyser, mais à vivre, simplement.

C'est alors qu'un tramway passa dans un bruit de ferraille, puis des autos et enfin des passants qui discutaient violemment.

Le charme était brisé alentour, mais en eux, quelque chose venait de naître.

Ils longèrent tout le boulevard jusqu'à la Grande Poste, étroitement serrés l'un contre l'autre. Arrivés à l'arrêt d'autobus du Telemly, après une dernière poignée de main à s'en briser les os, Saïd lui fixa rendez-vous le lendemain au Bar Otomatic à 10 h.

En arrivant à la villa où la famille était déjà couchée, Isa trouva son père dans le salon.

— Eh bien, encore un peu et il ne te restait plus de quoi petit-déjeuner !

— Désolée papa, cette réunion n'en finissait plus et je n'osais pas partir avant la fin.

— Tu es rentrée seule depuis la Place du Gouvernement ?

— Non. J'étais raccompagnée par un ami.

— Je le connais ?

— Non c'est un chef routier SMA.

— Ah ! un Arabe en plus.

— Non, un Kabyle, papa.

— Comme si c'était pas la même chose !

— Bon, écoute papa, je suis là, saine et sauve et j'ai sommeil. Bonsoir.

— C'est çà ; va dormir. Je rassurerai ta mère à l'occasion…

Isa n'attendit pas plus et rentra dans sa chambre. Il lui tardait d'être seule pour s'interroger sur ce qui lui arrivait. Saïd lui avait bien fait comprendre qu'il était amoureux. Et elle ? elle s'était bien laissé faire aussi : sa carrure, ses yeux verts, ses cheveux presque roux, c'est vrai qu'il était beau garçon. Et sa douceur, sa délicatesse, tout ça n'avait rien d'arabe n'en déplaise à son père.

Son père. Il faudrait bien qu'il s'y fasse lui aussi.

Soudain elle eut envie de danser. Elle se déshabilla en lançant ses vêtements à travers la chambre tout en chantant à voix basse un air de valse endiablée dont le dernier accord lui plongea la tête dans l'oreiller.

Alger, rue Michelet

En ce début juillet, le soleil s'affirmait chaque jour un peu plus. Quelques étudiants se rendaient aux ultimes examens dont les oraux avaient lieu dans certaines salles des Facultés. La rue Michelet était calme et Isa arriva vite au bar Otomatic où, assis sous l'un des parasols installés sur le trottoir, Saïd la regardait arriver en souriant. La jeune fille éprouva une sensation nouvelle : le bonheur de se savoir attendue.

— Bien dormi ?

— Bien dormi accompagnée en rêve par cette magnifique sourate coranique d'hier soir. Sais-tu d'où elle vient ?

— La plupart de leurs disques viennent d'Égypte, je crois

— Oh ! tu détruis tout le romantisme de mes fantasmes. Je croyais que c'était un vrai muezzin qui avait grimpé l'escalier en colimaçon jusqu'au sommet de la mosquée.

— Alors tu es donc romantique aussi ? Bon, j'enregistre, dit Saïd en riant.

Un garçon s'approchait pour prendre la commande. Isa, qui n'avait pas déjeuné, commanda un thé et des croissants.

Saïd était redevenu sérieux.

— Je dois rentrer à Tizi Ouzou cet après-midi. Il faut qu'on parle avant.

Isa savourait son croissant. « Hmm ! oui, d'accord ».

— Je vais devoir m'expliquer avec mon père avant qu'il ne lise en moi comme dans un livre.

— Pourquoi, c'est si important qu'il sache tout sur ce que tu fais ?

— C'est notre façon de vivre. Mon père est un référent pour moi. Et je suis celui qui porte tous ses espoirs et son honneur.

— Mais alors, tu ne peux pas lui parler de moi surtout !

— Au contraire je dois lui en parler avant que les choses ne s'affirment.

— Mais…

— Non, ce n'est pas ce que tu crois. Mon père a fait la dernière guerre avec les Français. Malgré ses réticences, il a gardé du respect pour la France, même si elle l'a souvent déçu. Même s'il a été écarté de la vie politique qui lui tenait tant à cœur.

Devant l'air étonné d'Isa, il précisa :

— Oui, il voulait être député à l'Assemblée algérienne, mais on lui a préféré un bachaga plus malléable à l'écoute du régime. Tu comprends, en Kabylie, Si Mohand est l'ami et le défenseur des malheureux. Ce qui ne fait pas l'affaire des ambitieux. Et les dernières élections se sont révélées fatales pour des gens comme lui.

Isa enregistra ces informations nouvelles pour elle, puis demanda :

— Mais pourquoi serait-il bien disposé à mon égard ?

— Il aime les êtres droits et francs. Cela lui suffirait.

— Même lorsqu'il apprendra que je suis la fille d'un député à l'Assemblée algérienne ?

Saïd accusa le coup.

— Nous essaierons de ne pas mélanger les niveaux.

— Mais Saïd tu ne peux pas avoir une vie rien qu'à toi, sans que personne ne s'en mêle ?

— Tu n'as jamais vécu dans une tribu toi, où tout le monde a droit de regard sur tout le monde.

— Alors, il faut déjà se dire adieu ! dit-elle d'une voix mutine et sans y croire

— Pas sans se battre ! C'est de notre vie à nous qu'il est question, pas de l'honneur de la tribu. Et d'abord mon père est un homme juste qui sait reconnaître les sentiments vrais et pas un dictateur.

— Tu es sûr que tu ne l'idéalises pas ?

— Je te répondrai dès demain à ce sujet. Je peux t'écrire à la Madrague ou au Telemly ?

— À la Madrague. Mes parents n'y viennent plus si souvent.

— Je prends un bus à quatorze heures avec mon cousin Arezki. Tu l'as vu hier à la rencontre.

— Ah ? non. Je ne m'en souviens pas.

— Mais si, ce grand scout avec sa culotte courte et son foulard vert et rouge

— Ah ! oui. Mais je ne savais pas que c'était ton cousin. Tu aurais pu me le présenter.

— Non, dit Saïd fermement. Ces choses-là ne se font qu'officiellement, pas à la sauvette.

— Quel formalisme, dis donc !

— Il y a beaucoup d'autres formalités auxquelles tu devras t'accoutumer si tu veux nous comprendre.

— C'est toi que je veux d'abord bien comprendre. Après, nous verrons.

Saïd regardait fréquemment sa montre.

— Pouvons-nous passer ces deux heures ensemble ou tu as des obligations ?

— Non, non. Je t'accompagne à ton bus.

— Peut-être pas jusque-là. Je préférerais qu'Arezki ne te rencontre pas encore aujourd'hui.

— Pourquoi, tu as honte de moi ?

— Isa, je t'en prie. Ne me rends pas la chose plus difficile encore. Je t'ai dit pourquoi. Tu sais que je suis attaché à notre tradition, surtout pour mon père. Alors, fais-moi confiance.

— D'accord, mais n'oublie pas que moi je suis une fille libre et qu'il ne te sera pas facile de me ranger parmi tes objets personnels.

Isa se leva : « Viens, nous allons marcher tout en parlant ».

Saïd lui emboîta le pas.

Arrivés au carrefour de la Grande Poste, ils se dirigèrent vers les jardins du Monument aux Morts, grimpant par des allées latérales. Un petit banc de pierre bien ombragé les attendait qu'ils occupèrent aussitôt.

— Tu seras absent jusqu'à quand ? demanda Isa.

— Peut-être mi-juillet, mais j'essaierai d'écourter les visites traditionnelles. Il me faut préparer mon voyage et mon année en France.

— À quelle date ?

— En novembre si tout va bien.

— Qu'est-ce qui pourrait ne pas aller ?

— Je ne sais pas, moi, si je ne trouve pas tout ce que l'internat va me demander.

— La couleur de tes pyjamas, par exemple ?

Saïd la regarda, incrédule. La voyant pouffer de rire, il apprécia la légèreté de son humeur qui trahissait leur confiance réciproque.

Les allées étaient moins fréquentées. Le calme alentour faisait penser que les gens étaient maintenant à table chez eux.

À nouveau ils se regardèrent en souriant les yeux dans les yeux. De plus en plus profond jusqu'à ce que leurs visages se rapprochent et que doucement leurs lèvres se rejoignent.

Après ce moment de passion, Saïd déclara gravement : « Maintenant, c'est pour la vie ».

Tizi Ouzou

Saïd entra dans la maison de son père. C'était toujours un bonheur de franchir ce grand portail où l'on sentait déjà les bonnes odeurs de la cuisine de Mama Zineb.

La porte franchie, on débouchait dans un patio entouré d'arcades ciselées soutenant la galerie du premier étage, résidence intime de la maison de Si Mohand.

Saïd grimpa deux à deux les escaliers en criant : « Baba ! Mama ! c'est Saïd ! »

Plusieurs portes s'ouvrirent et les embrassades n'en finirent plus. Jusqu'à l'arrivée du père dont les bras ouverts se refermèrent sur le fils aimé. Saïd raconta sa vie d'étudiant à Alger, répondit à mille questions des sœurs et des frères.

Puis, Si Mohand lui demanda de venir dans son salon dès qu'il se serait réinstallé chez lui.

Saïd entra souriant dans le grand bureau où son père l'attendait.

— Mon fils, je sais que tu as bien terminé ton année universitaire. C'est bien. Je suis heureux.

J'ai appris aussi que tu avais consacré du temps au scoutisme et cela me fait un très grand plaisir, car les enfants que nous façonnons maintenant, sont notre avenir.

Saïd, qui s'était réjoui des bonnes dispositions de son père, marqua un temps d'arrêt devant ce raisonnement simpliste. Oui, les enfants étaient notre avenir, mais pourquoi insister sur ce point évident ?

— C'est pourquoi, répondit-il, nous devons veiller de près à ce qu'on leur apprend. Ainsi j'ai dû m'opposer à Slimane, jeudi dernier, qui voulait carrément qu'on instaure la préparation militaire dans les troupes d'enfants. C'est inouï ! conclut-il, scandalisé.

Si Mohand semblait plongé dans de lointaines réflexions. Il resta silencieux un long moment.

Saïd ne savait comment interpréter sa réaction. « Tu sais mon fils, il ne faut pas juger trop vite et trop rapidement. »

— Mais père, des enfants, tout de même…

— Saïd, les enfants sont ceux pour qui nous vivons et pour qui nous mourons aussi. Nous ne pouvons pas les exclure de ce qui les concerne en premier lieu.

Saïd n'avait pas de réponse. Intrigué, il sentait que son père avait des révélations à lui faire.

— Mon fils, le temps de l'enfance est passé directement dans les turpitudes où les adultes les ont entraînés. Ce que j'ai vu au cours de la guerre, je pensais ne plus le revoir de ma vie… Malheureusement je me suis vite aperçu que le règne de Chitane n'existait pas que sur un seul coin de terre. Il œuvre partout et sur le même mode, variant l'invention et l'horreur à son gré.

Encouragé par le silence de Saïd, il poursuivit : « Je sais que tu n'avais que 16 ans quand ton oncle Akli est mort à Sétif, mais tu as bien saisi l'enjeu de ce massacre, non ? Tu sais de quelle manière nous avons été traités et tu comprends bien que nous ne pouvions pas faire comme s'il ne s'agissait que d'une punition scolaire !

Tu as grandi, Saïd, tu es heureux dans ta famille, tu t'apprêtes à te former dans les meilleures conditions pour revenir mettre ton savoir au service de tes semblables. Mais sais-tu ce qui risque de se passer d'ici là ? »

Saïd attendait la réponse qui ne venait pas.

— Père je suis un homme maintenant et je prendrai mes responsabilités. D'ailleurs je voulais vous parler d'une rencontre que j'ai faite et…

— Je suis au courant. Ton cousin Arezki m'en a parlé.

— De quoi ? Qu'est-ce qu'il sait ? Il est arrivé quand ? Nous avions rendez-vous à l'autobus, mais il n'y était pas.

— En effet, il est arrivé ce matin.

— Eh bien, il n'a pas perdu de temps. Et de plus il ne sait rien !

— Mon fils chéri, quand un homme est amoureux cela se voit avant qu'il ne s'en aperçoive lui-même.

— Mais il ne sait rien ! comment a-t-il pu vous tromper de la sorte

— Mais il ne m'a pas trompé Saïd, il m'a dit son nom et qu'elle était fille d'un député de l'Assemblée, et que tu avais été invité aux réjouissances qu'elle a données. Ce n'est pas la vérité, ça ?

Saïd ne savait que répondre. Tous ses effets avaient été coupés par l'indélicatesse d'Arezki contre lequel il sentait monter une sourde colère.

— Père la vérité c'est que j'ai reconnu en elle un être exceptionnel, franc et décidé à agir pour le bien de tous. Vous a-t-il dit cela ?

— Non, bien sûr, mais je pense que tu ne t'engagerais pas autrement.

— Mais père, je ne me suis pas engagé. Nous avons reconnu tous les deux la même force qui nous pousse et va nous lier pour la vie. Nous en sommes là et c'est pourquoi je voulais vous en parler. Je regrette profondément que quelqu'un d'autre ait cru devoir vous en informer sans mon accord.

Les yeux de Si Mohand exprimaient la bienveillance et l'apaisement.

— Ne t'emballe pas mon fils. Ton cousin Arezki ne l'a pas fait de son plein gré. Il a été mandaté par les chefs scouts de Tizi Ouzou pour veiller sur toi. Ainsi que Slimane, d'ailleurs.

Saïd n'en revenait pas. Il resta un moment la bouche ouverte.

— Veiller sur moi ? Mais alors, c'est un complot ? Pourquoi ne m'en ont-ils pas parlé ? Je ne suis pas assez fiable à leurs yeux ? Ils me croient encore dans l'enfance ? Savent-ils que j'ai dix-neuf ans ?

— Mon fils ! mon fils ! Tu vois bien que tu réagis comme un jeune adolescent. Slimane et Arezki se sont engagés dans l'Organisation secrète et sont plus ou moins des hommes de l'ombre maintenant. Ils ont d'autres visées que toi et si je t'en parle c'est la preuve que moi, je te considère comme un homme.

— C'est quoi cette Organisation secrète ? Une école de guerre pour enfants ? En effet, je n'ai pas la même visée qu'eux. Oui, et si je suis un homme c'est bien pour défendre les enfants contre la folie de quelques visionnaires…

— Arrête Saïd ! Ne parle pas de ce que tu ignores ! Slimane et Arezki ne sont pas des visionnaires, ce sont des hommes lucides qui savent que si l'on ne fait pas déjà quelque chose pour les informer, les jeunes vont devoir intégrer les rangs des troupeaux dociles que leurs parents n'ont pas les moyens de leur éviter, et que rien ne sera fait pour que notre pays soit réellement à nous et que nous décidions nous-mêmes de son évolution.

C'est toi qui piétines dans les illusions confortables et paisibles d'un scoutisme qu'on t'a décrit comme formateur d'une jeunesse bien équilibrée. Mais c'est aujourd'hui un luxe auquel nous ne pouvons plus prétendre. Nous avons reçu comme un cadeau de l'ennemi une organisation toute prête à fonctionner pour former nos combattants de demain. Nous en faisons actuellement une véritable École de patriotisme. C'est inespéré.

La tête de Saïd se mit à tourner. Il lui semblait que les murs se dérobaient, que son père lui-même devenait flou. Il s'accrocha aux accoudoirs du fauteuil, ouvrit grand les yeux et sur un ton passionné :

— Mais père, c'est bien vous qui avez combattu aux côtés des Français pendant cinq années de souffrance ? C'est bien vous qui avez postulé pour obtenir la nationalité française lors de la loi de 1936 ? C'est bien vous qui avez accepté l'abrogation de cette loi que vous espériez tant et maintenant…[5]

— Mon garçon, d'un revers à un autre, la déception arrive à retourner un homme bien plus fort et bien plus profond que la violence physique. Quand on s'aperçoit que ce qu'on vient de perdre n'était qu'illusions alors la rancœur efface toute trace de bienfait.

Je leur avais offert un cœur sincère et une fidélité que je croyais immortelle. Mais lorsque j'ai vu les partisans du profit personnel pris

---

[5] Projet de loi du Front Populaire relatif à l 'exercice des droits politiques par certaines catégories de sujets français et de Français musulmans en Algérie.

au sérieux alors que moi-même j'étais refoulé dans mon douar lointain, j'en ai voulu à la terre entière. Ma déception et ma colère étaient à la hauteur de leur magnifique promesse d'égalité et de fraternité à laquelle j'avais cru avec enthousiasme... J'ai compris à ce moment-là que nous ne serions jamais entendus tant que des puissants se permettraient de parler à notre place.

Qu'à défaut d'égalité et de fraternité, nous ne pourrions jamais revendiquer nos terres ancestrales tant qu'ils nous mettraient sous le nez des soi-disant certificats de propriétés offerts par des possédants qui tiennent leur illégitimité de l'attribution de nos terres soi-disant « vacantes et sans maître »[6] à leurs ancêtres les premiers émigrants.

Après un lourd silence, il reprit :

Crois-moi mon fils, j'ai fait le tour de la situation et j'en retire, hélas, qu'il n'y a plus qu'une seule façon d'être chez nous, même si nous répugnions à la violence dont eux ne se sont jamais privés.

Puis il se tut à nouveau. Saïd était effondré. Quand il put parler, il demanda d'une voix brisée :

— Est-ce que cela signifie que vous préparez la guerre contre la France ?

— Ce n'est pas encore contre la France, comprends-moi bien. C'est contre la puissance coloniale qui nous soumet à un régime de domination alors que nous voudrions et pourrions être des partenaires. Je sais que la France est autre chose. Mais elle est aux mains d'un régime de profiteurs sans partage qui fait d'elle notre ennemie.

— Mais père, une guerre ne se fait pas sans soldats ?

— Tous nos amis qui préparent les maquis ne t'ont pas attendu.

— Les maquis ?

— Nous avons la chance de posséder des reliefs montagneux qui sont à notre avantage

— Père, dans quelle aventure allez-vous vous lancer ?

---

[6] Biens vacants et sans maître, expression employée par les documents officiels de 1830 pour désigner les terres ancestrales de pâturages des indigènes qui n'utilisaient pas de titres de propriétés.

— Ce n'est pas encore l'aventure, mon fils, car nous allons la préparer correctement. Mais pour cela il faut que tout le monde y croie, et le veuille. Nous sommes les plus nombreux et les mieux équipés pour ce genre d'opération, crois-moi. J'ai encore beaucoup de choses à t'apprendre, mais pour cela, il me faut retrouver le Saïd d'avant son séjour à Alger d'avant sa contamination.

Après une pose il poursuivit : il faut t'affranchir de tes fausses amitiés.

— Non ! cria Saïd, non, père, pas ça ! Mes amitiés sont sincères et franches. J'ai un ami Juif qui est un autre moi-même, qui même est né au Touat…

— Ce n'est pas à ceux-là que je pense. S'il est Berbère, il ne peut être qu'avec nous… quant à ton amie Isabelle, il te faudra l'oublier. Tu ne peux pas jouer dans les deux camps.

— Mais elle viendra avec moi, j'en suis sûr.

— T'es-tu demandé comment elle sera reçue ici ? Et pour qui tu passeras auprès de ceux qui auront tout donné, jusqu'à leur vie pour la victoire ? On te soupçonnera, on t'accusera pour un rien ; tu seras le coupable idéal. Et elle, même si notre nom la protège, les siens ne voudront plus la revoir. Ils ne lui pardonneront jamais. Et tu auras détruit une famille.

Saïd tenait sa tête en ses deux mains. Il s'imaginait dans les situations décrites par son père et se sentait cerné, inexorablement. Puis il se leva : « Pardonnez-moi, il faut que je respire un peu ». Puis il sortit sous le regard sévère de son père.

Alger, La Madrague

Isa descendit pour la troisième fois pour voir sa boîte aux lettres. Rien. Le courrier ne met pas si longtemps pour arriver de Tizi Ouzou, se dit-elle. Alors ? Non, bien sûr, il n'avait pu l'oublier après des adieux si émouvants. C'est donc qu'il y avait une raison assez sérieuse à ce silence. Mais au fond, que savait-elle de lui ? Elle ne le connaissait que depuis le début de l'été. Oui, mais on n'était plus au temps où les parents exigeaient une enquête d'honorabilité avant d'accorder la main de leur fille. Elle était assez grande pour juger d'elle-même entre la vérité vraie et la dissimulation. Non. Elle ne pouvait pas se tromper sur les sentiments de Saïd. Alors ? Attendre.

Simon reçut une lettre de Saïd. Celui-ci le priait de rencontrer Isa pour la rassurer sur son sort, sans lui donner les vraies raisons de son silence. Il prétendait être tenu d'aller visiter tous les lointains parents dont il serait séparé durant une longue année d'études à l'étranger, mais confirmait son retour pour la fin juillet.

En cette fin d'après-midi, les parents Tradier recevaient leurs vieux amis Marie Louise et Achille Ivorra dans leur villa de la Madrague. Achille siégeait à l'Assemblée algérienne aux côtés de Fernand. Les dames se voyaient souvent entre elles et participaient à des bridges passionnés au Club de l'Assemblée. Hélène Tradier aimait recevoir dans sa résidence marine et la conversation à quatre était enjouée, les partenaires étant d'humeur joyeuse en ces jours de vacances.

Une fois ses hôtes assis, Hélène appela dans le couloir : « Tassa, apporte l'anisette et de l'eau fraîche s'il te plaît. » Aussitôt apparut dans l'encadrement de la porte, une petite femme vêtue d'une robe très colorée dont l'empiècement était orné de croquets blancs, une croix tatouée sur son front.

— Non, medeme répliqua-t-elle d'une voix douce.

Ce qui figea sur place les quatre convives

— Pas Tassa, medem, Tassaadit.

— Oui, bien sûr, Tassadit, excuse-moi fit Hélène d'un air penaud.

— C'est rien, medem, je porte la Nisette.

Le couple Ivorra semblait gêné par cet intermède.

— Quel toupet, souligna Archille.

Fernand semblait furieux. « Tu lui permets de plus en plus en plus d'audace, dit-il à sa femme. Je ne te comprends plus ! »

— Mais non, dit Hélène, sur un ton tranquille. Il faut respecter le sens de la dignité de ces femmes qui n'ont pas beaucoup d'endroits où la manifester.

Tout le monde se tut jusqu'à l'arrivée de Tassadit portant dans un panier d'osier le flacon d'alcool blanc, l'eau et le sac de glaçons.

Elle déposa ensuite des petits croquants au fromage, à la soubressade, des olives et des tranches fines de saucisson.

— Cela n'atteint pas sa dignité de toucher de la charcuterie au porc ? demanda sournoisement Archille.

— Apparemment ce n'est pas là qu'elle la place, répondit Fernand.

Tout en offrant les biscuits à ses invités, Hélène s'anima soudain : « Tiens, puisque vous avez l'air d'être sensibles à ce problème, je vais vous raconter ce qu'il m'est arrivé jeudi dernier, en prenant le trolleybus du Telemly : Il n'y avait pas beaucoup de monde et je me suis assise en face d'une dame assez plantureuse ; monte une femme arabe enroulée dans son haïk et portant un couffin archiplein. Elle s'assied à côté de la dame en face de moi, non sans la bousculer un peu, bien sûr. La dame se rebiffe : "Eh ! Fatma ! pourquoi tu ne t'assieds pas en face, il y a plus de place !"

— Parce que je préfère être dans ce sens, Georgette !

— Mais ! je ne m'appelle pas Georgette.

— Eh bien moi, je ne m'appelle pas Fatma ! »

Tout le car rigolait !

Les invités semblaient apprécier aussi la drôlerie de la situation.

— Celle-là non plus ne manquait pas de culot ! s'exclama Achille.

— C'est de plus en plus fréquent, dit Marie Louise Ivorra. Mais surtout il y a d'autres signes de leur prétention et de leur insolence : il parait que tout un immeuble de la rue d'Isly… à côté du Casino, vous voyez ? eh bien, tout un immeuble est loué à des Arabes, en pleine ville !

— Oui, je ne sais pas où on va enchaîna Fernand. Il faut vraiment avoir l'œil.

— Mais qu'est-ce que vous voulez faire, questionna Hélène les renvoyer dans la Casbah ou aller habiter ailleurs ?

— Mais ce n'est pas à nous de bouger ! protesta Marie Louise, nous y étions avant eux !

— Si l'on peut dire… Si on joue au premier arrivé, on risque de ne plus être gagnants. Il faut être justes. Puis Hélène se tut.

— Ne nous donne pas des leçons de Justice, ma pauvre Hélène, tu n'as pas l'air de bien comprendre La Justice peut ne pas être la même pour les uns et pour les autres si les valeurs ne sont pas les mêmes, ni la façon de voir les choses !

— Mais Fernand, la situation non plus, s'exclama Achille, regarde le coup de la loi Blum/Violette[7], si nous nous étions laissé faire en 36, aujourd'hui nous n'aurions plus aucune majorité à l'Assemblée.

— Et tous les maires et les élus français seraient submergés par les musulmans devenus français ; c'est une affaire de calcul !

L'atmosphère s'alourdit et personne n'osa reprendre la parole, jusqu'à ce qu'Archille, toujours combatif, demande à son compère : « Est-ce que tu as suivi l'affaire du manifeste d'Alger Républicain ? »

— Ne me parle pas de ces communistes ! Eux aussi ; il faudrait leur rabattre le caquet. Quand je pense que ce sont des Français qui prennent la défense des Arabes ! C'est le monde à l'envers !

Isa vit arriver Simon le lendemain après-midi à la Madrague. Il était porteur de bonnes nouvelles. Elle en fut heureuse, mais comprit que Saïd ne lui disait pas tout. Cependant, Simon semblait en savoir

---

[7] La loi n'a jamais été promulguée.

plus et elle essaya habilement de lui extirper quelques renseignements. Elle lui proposa une balade du côté des dunes, en réalité pour échapper à la vue de ses parents présents à la villa.

— Saïd a l'air d'avoir une grande famille ? dit-elle pour être près du sujet. Il a l'air d'attacher beaucoup d'importance à sa tournée d'adieux.

— Tu parles ! ces notabilités musulmanes font toujours les choses en grand. Chaque fois que tu vas chez quelqu'un, c'est : chorba-couscous-pâtisseries… et pas moyen de choisir, c'est tout ou rien. Et si c'est rien, alors c'est la guerre !

— Tu les fréquentes quelquefois ?

— Bien sûr. Je connais la famille de Saïd, mais aussi beaucoup de familles musulmanes qui te reçoivent comme si tu étais un prince et qui, elles, vivent comme des gueux.

— Il m'avait dit : « Quand tu rentreras chez moi, tu seras une reine », dit Isa les yeux dans le vague.

Simon comprit alors que son ami s'était engagé plus qu'il ne voulait le dire. Il vit clairement la situation connaissant la position de Si Mohand et de son entourage. Il décida de donner le change, tant qu'il ne savait exactement ce que Saïd voulait.

— Tu iras certainement là-bas. Tu connaîtras l'accueil extraordinaire des Kabyles, mais il te faudra apprendre leur façon de vivre pour ne pas les décevoir. Cependant. Il te faudra patienter, car Saïd ne sera pas libre avant deux ou trois ans. Il entreprend des études difficiles et devra sacrifier beaucoup de sa belle jeunesse avant de pouvoir décider de son sort.

— J'ai bien compris tout ça. Et je vois que toi aussi tu as compris notre situation. J'en suis heureuse. Mais bien entendu, pas un mot à quiconque !

Prenant ses mains, Simon les serra sans les siennes.

— Saïd est mon meilleur ami, tu le sais.

Au bout d'un moment Isa demanda :

— Et que dire de Slimane ? Il a l'air de s'opposer systématiquement à Saïd, je me trompe ?

Simon réfléchit avant de répondre. Slimane, c'est un des Scouts convaincus qui a été refroidi par la manif du 8 mai. Il en veut toujours à la Police d'avoir chargé les Scouts et d'avoir arrêté des chefs Routiers. C'est pourquoi il est toujours en ébullition. Mais c'est un brave type. En réalité il veille sur Saïd qui est un gars de chez lui.

— Mais sa position vis-à-vis de l'armée, il n'y a pas là comme une sorte de revanche par hasard ?

— C'est un peu sa tendance et c'est normal. Mais côté scoutisme il n'y a rien à lui reprocher.

— Et cette opération animation de quartier, où en est-elle ? J'avais cru que c'était vachement important pour l'Association des Jeunesses algériennes.

— C'est vachement important ! Mais la dernière réunion a été ratée et il faut reprendre ça au plus vite. C'est le seul projet concret d'une opération fraternelle entre nous tous qu'il ne faut surtout pas lâcher maintenant.

— Alors qu'est-ce qu'on attend ?

— Que les gens s'inscrivent afin qu'on distribue les zones désignées. Est-ce que cela te dirait de participer, Isa ?

— Oui, pourquoi pas ? Avec quelques conseils.

— Alors c'est formidable, je t'engage ! Je compte monter une petite équipe de trois ou quatre. J'ai déjà un copain qui m'a promis de m'accompagner.

— D'accord. Il y a des filles dans ces enfants des rues ?

— Bien sûr. C'est pourquoi nous recrutons tout volontaire.

Ils étaient arrivés à la limite des grandes dunes de sable au-delà desquelles il fallait grimper, et décidèrent de faire demi-tour.

Simon commença à expliquer quelques entrées en matière avec ces enfants peu habitués à être le centre d'intérêt d'un groupe d'adultes, mais qui acceptaient avec joie qu'on s'occupe d'eux et qu'on les écoute. La formule plut à cette fille indépendante qui n'avait jamais envisagé de pratiquer la pédagogie philanthropique. Mais l'affaire lui plaisait, ainsi que le bon compagnonnage de Simon.

— Crois-tu que c'est avec ça qu'on arrivera à faire une communauté conviviale ?

— En tous cas nous l'aurons tenté. Rien de mieux que de travailler ensemble pour créer un climat d'unité. Reste que nous aurions dû commencer beaucoup plus tôt au lieu de laisser s'installer la méfiance et l'hostilité.

— Quand tu dis « nous »…

Simon réfléchit un bon moment.

— Disons que c'est un « nous » de politesse comme on dit, pour ne pas prendre toute la responsabilité d'une déception. En vérité, chacun de nous, chacun de ceux qui raisonnent avec intelligence, a peu de chance d'exercer une influence quelconque sur la situation qu'il est obligé de vivre.

— Par exemple ?

— Qu'aurions-nous fait si nous avions appris tout de suite le massacre de Sétif ? Qui aurions-nous alerté alors que les autorités étaient toutes d'accord et que la population fêtait la fin de la guerre ? et qui aurait cru que les nôtres employaient les pires méthodes de nos ennemis ?

— On aurait protesté, on aurait manifesté, on aurait accusé !

— Et on serait passés à l'ennemi… Non, crois-moi Isabelle, une protestation, ça se prépare longtemps à l'avance. Mais ça ne se prépare pas à deux ou trois seulement. C'est long et difficile de soulever un peuple…

— Pourquoi dis-tu cela Simon ?

Simon était parti dans la contemplation irrésistible de l'horizon où le soleil avait entamé sa plongée dans l'eau prenant à ce moment des formes extraordinaires, de lampe chinoise, de champignon, de globe dissocié, puis finissait par disparaître dans un délire de couleurs d'abord pastel puis dans des rouge-orangés violents.

— Ce serait tellement apaisant de contempler simplement la beauté du monde…

Ils étaient arrivés au portail de la villa.

— Alors on commence jeudi si tu es d'accord ? Je passe te prendre à 9 h. pour que nous ayons le temps de nous organiser avec Jean.

— Entendu !

Ils se serrèrent la main vigoureusement, à la manière scoute.

Tizi Ouzou

La lettre de Simon rassura Saïd. Lorsqu'il sut qu'Isa s'était engagée dans l'animation, il reprit un peu espoir en l'avenir. Il avait déjà dû décourager certains de ses oncles qui lui avaient demandé carrément d'épouser l'une de ses cousines avant la fin de ses études. Il prétendait n'avoir qu'un objectif pour les années à venir : son diplôme d'ingénieur. Pour lui, l'affaire était classée et il entendait bien ramener son père à la raison. La guerre, encore et toujours, ne pouvait pas s'insinuer dans l'imaginaire des gens qui venaient à peine d'en sortir.

Après la sinistre révélation de Si Mohand, il s'était un peu repris et essayait de se persuader qu'il avait raison. Lorsqu'il vit arriver son cousin Arezki, il essaya de rester calme et amical, mais Arezki ne fut pas dupe. Ce fut lui qui ouvrit la discussion.

— J'espère que tu m'as pardonné, Saïd.

— De quoi, je t'en prie ?

Arezki ne se laissa pas déstabiliser :

— Tu sais maintenant que je ne suis pas neutre dans les affaires de famille et que, de plus, j'estime beaucoup Si Mohand. Je ne peux pas lui dire non quand il me demande quelque chose. Et, j'ai pris ça comme une mission de protection, pour t'empêcher d'être manipulé par des malfaisants.

— Mais de quoi parles-tu enfin ?

— Saïd, ne me complique pas la tâche. Nous avons été bons copains jusqu'à présent.

— Si tu veux parler du viol de ma vie privée, alors là…

— Mais personne n'a violé ta vie privée, enfin ! J'ai simplement informé ton père qu'une fille française te tournait autour.

— Qui te dit que ce n'est pas moi qui lui tourne autour ?

— Mais Saïd…

— S'il te plaît, ne cherche pas à comprendre ce que tu ne peux pas comprendre.

Arezki se sentait offensé.

— Non, mais, je ne suis plus un petit garçon ! Qu'est-ce que ce ton supérieur comme si tu étais notre seul sujet d'intérêt. Détrompe-toi, nous avons à faire en ce moment. Et tu ne serais pas de trop si tu ne perdais ton temps à rêvasser au lieu de redescendre sur la terre de Kabylie. C'est ce que j'étais venu te proposer…

Saïd fit mine de s'en aller.

— … de la part de ton père !

Pourquoi ne me parle-t-il pas directement ?

— … parce qu'il me fait confiance, lui.

— Alors, qu'est-ce que tu as à me dire ?

— Est-ce que nous pouvons marcher un peu ?

Saïd s'engagea vers le chemin de la colline qui surplombe Tizi Ouzou, suivi d'Arezki renfrogné. Ils arrivèrent au mur d'une grande maison qui semblait silencieuse et abandonnée. La contournant, ils virent un vieux banc sous un arbre qui semblait disposé à les recevoir.

— Tu connais bien la Mission Rolland ?

— Bien non, mais mon père connaît bien Alfred et Guita, les missionnaires. Pourquoi ?

— Tu sais qu'ils hébergent de nombreux enfants kabyles ?

— Ou, bien sûr

— Sais-tu qu'ils ont créé une troupe de scouts ?

— Non, mais ça me semble logique

— À part qu'ils vont en faire des chrétiens !

— Et alors ?

— Non, mais tu t'en rends compte ? Tous ces enfants qui vont agir contre nous !

— Mais pourquoi contre ? Est-ce que nous ne sommes pas en train de réunir tous les groupes de jeunesse algérienne pour marcher ensemble dans le même sens ?

Arezki avait l'air découragé.

— Décidément, tu n'as rien compris mon pauvre cousin. Tu es désespérant. À tel point que je me demande si je peux te tenir au courant de ce qu'on prépare ou si je te laisse continuer à rêver tout seul.

— Bon tu en as trop dit ou pas assez. D'abord c'est qui ce « on » anonyme et qu'est-ce qui se prépare en mystère ?

— Il faut croire que tu étais très occupé pour ne pas savoir que les SMA se sont séparés en deux associations

Saïd avait l'air ahuri.

— Ben oui, maintenant nous avons aussi les Boy Scouts Musulmans algériens, les BSMA qui ne sont pas soumis à la propagande politique et qui voudraient mener leur vie de scout comme la loi scoute le leur demande…

— Mais quelle différence…

— Laisse-moi parler !

— …

— Mais aussi rester fidèles à la foi musulmane de leurs parents et de leur patrie. C'est pourquoi nous ne voyons pas d'un bon œil des chrétiens mener dans leur sillage des enfants de notre pays. Et nous cherchons un moyen pas trop agressif pour aller les persuader que leur vraie place est chez nous, chez les BSMA. Voilà.

Saïd semblait réfléchir, puis il dit :

— Si je comprends bien, ces enfants soumis à l'influence chrétienne sont maintenant « des enfants de notre pays » ?

— Je ne comprends pas…

— Et leurs mères qui ont accouché en catastrophe chez les Rolland parce que leurs villages ou leurs parents les avaient chassées… n'étaient-elles pas « de notre pays » elles aussi ? Je ne vois pas en quoi vous pouvez revendiquer ces enfants. Ils sont à leurs mères qui peuvent les nourrir et les élever grâce à la générosité de gens qui ne professent pas notre foi. C'est à elles de décider où est leur vraie place.

Puis il se leva.

— Attends ! il faut que tu nous aides toi aussi. On voudrait que tu les encourages à venir chez les BSMA, ils te connaissent, ils te croiront.

— Non, ce n'est pas mon rôle. Les adultes verront bien où est leur avantage. Salut ! Je dois redescendre chez mon père.

Et il le planta là.

Fontaine fraîche

On aurait dit qu'une kermesse battait son plein dans ce coin de Fontaine Fraîche. Les cris d'enfants surpassaient ceux des martinets se poursuivant dans le ciel de l'été.

En arrivant près du terrain vague, on tombait sur deux équipes de gamins qui se faisaient face et dont chacune encourageait son champion en lutte au centre du terrain pour défendre le béret caché derrière son dos.

Les joues étaient en feu, les tignasses hérissées, les visages patinés, les yeux agrandis par l'acuité de l'attention, les bouches ouvertes, prêtes à crier « houra » ou une bordée d'injures intraduisibles selon la performance de son héros désigné.

D'un côté Simon aussi excité que les enfants ; de l'autre, Jeannot son copain scout non moins affairé criant quelques mots arabes.

De l'autre côté du terrain, une ronde de petites filles assises par terre jouent au « furet » riant aux éclats, sous la conduite d'une Isa transfigurée par le plaisir.

Vers cinq heures du soir, la troupe est difficile à disperser, les filles s'accrochant à la jupe d'Isa ; les garçons accompagnant les deux chefs scouts en chantant, jusqu'à la basse ville.

Une fois montés dans le tram, les trois s'étalent sur les banquettes encore inoccupées, presque épuisés.

— Alors Isa ? demande Simon.

— Fantastique ! Incroyable. On sent chez ces gosses une soif de vivre plus forte que tout.

Simon sourit sans répondre.

— Je n'aurais jamais cru qu'ils nous accueillent si vite, si simplement. Je pensais avoir de la difficulté à les comprendre, mais je ne me suis pas aperçue qu'on ne parlait pas la même langue, c'est fou !

— Tu comprends maintenant qu'on puisse faire passer beaucoup de choses à ces enfants pour les amener à un niveau semblable à tous ceux de leur âge.

— Mais, ils ne vont pas à l'école ?

— Penses-tu ! ils sont réquisitionnés pour aller gagner 3 sous en cirant les chaussures dans les rues.

— Et les filles ?

— Ah ! les filles… Elles iront faire le ménage et astiquer des meubles dont elles ignorent l'usage ni même l'existence.

Arrêt après arrêt, le tram s'était rempli et personne ne parlait. Arrivés à la Grande Poste, Isa prit congé de ses deux compères et descendit rejoindre son trolleybus. Simon promit de la recontacter.

Cette fois, la famille n'était pas couchée, mais déjà à table.

— Peut-on te demander ce que tu faisais à Bab el Oued ? demanda son père.

— Je n'étais pas à Bab el Oued, mais à Fontaine Fraîche. Et j'ai participé à l'animation de petites filles arabes, ravies d'apprendre des jeux avec des règles précises et des gagnants et des perdants sans mettre leur honneur en jeu.

— Bof ! leur honneur ! Comme tu y vas, déclara Éliane. C'est quoi l'honneur d'une petite fille arabe ?

— Je te raconterai quand j'aurai du temps à perdre.

— Voilà ! toujours aussi aimable, ma chère sœur.

Le père Tradier suivait la joute oratoire de ses filles avec un plaisir évident. Il rit très fort.

— Tu dois être fatiguée, Isa, dit Hélène d'une voix douce. Tu as du gratin dans la cuisine et je te garde de la salade.

— Ce n'est pas la peine, maman, j'ai plus sommeil que faim, tu sais.

— Mais ma petite, après une telle journée c'est normal, mais il ne faut pas délaisser ton organisme.

— Mon organisme est en pleine forme et j'avais beaucoup plus de force que je ne le croyais dit Isabelle en embrassant sa mère. Bonne nuit à tous et à demain. Puis elle s'en alla.

— Je serais de vous, je la surveillerais déclara, doctement Éliane.

— En quel honneur ? répondit Hélène.

— Je lui trouve de drôles de fréquentations depuis cet été. Et toujours avec des Arabes. C'est malsain.

— Éliane, je t'interdis d'avoir des jugements aussi désagréables sur des choses que tu ignores !

— Oh ! je n'ignore pas grand-chose en ce qui concerne Isa et surtout ses fréquentations :

Il y a Simon, le Juif, et puis Saïd le Kabyle : vous avez le choix ! À part ça et depuis peu, tous les petits yaouleds de la Casbah. Original, non ?

— Éliane, tais-toi ! explosa Hélène. Tu ferais se battre des montagnes avec ton persiflage. Tu interprètes tout de travers ! Tu sais bien qu'Isabelle participe à une opération sociale auprès des enfants des rues. Ce n'est pas parce que tu n'en as pas eu le courage qu'il faut critiquer ce qu'elle fait.

— Hou ! vous commencez à me fatiguer toutes les deux s'écria soudain Fernand Tradier. Laissez-la faire ses expériences si ça l'amuse ; de toute façon ça présente bien dans la famille. La Dépêche va titrer : « La fille d'un député de l'Assemblée algérienne se dévoue à l'animation de quartiers défavorisés ». Voilà qui va faire un tabac, vous allez voir.

Ce matin-là, Isa se prépara de bonne heure pour être prête lorsque Simon viendrait la chercher pour aller à Fontaine fraîche. Déboulant dans la salle à manger, elle trouva sur la table du petit déjeuner à côté du bol de son père, un journal déplié sur une pleine page dont le gros titre soulignait un portrait de son père souriant : *Un député de l'assemblée algérienne encourage la jeunesse française à éduquer les enfants des rues*. Suivait un article délirant sur les jeunes chefs scouts français animant les enfants du quartier Fontaine fraîche pour les habituer à la civilisation qui les mènerait à l'école de la République.

Les filles aussi, précisait l'article, *sont menées par Isabelle Tradier, avec la bénédiction de son* père, *membre de l'Assemblée algérienne, dont on connaît l'attention avec laquelle il traite la question arabe à l'Assemblée.* Une autre photo des enfants du terrain vague avec, de dos, Isa leur donnant la main dans une ronde effrénée.

D'abord muette de stupeur, Isa s'écria d'une voix étranglée : « Papa ! » Traînant ses pantoufles, celui-ci arriva, nouant sa robe de chambre, l'air satisfait, en bâillant :

— Qu'est-ce que c'est que ce torchon ?

— Ah ! ne commence pas tes jérémiades, s'il te plaît.

— Mais tu as lu ce tissu de mensonges ? la civilisation… l'école de la République… l'attention avec laquelle tu traites la question arabe ! Mais tu prends les gens pour des bourricots ?

— Qui peut prétendre que ce texte est faux ?

— Moi, pardi ! et cette photo qui l'a autorisée à paraître ?

— Moi, pardi ! répondit l'édile en riant franchement.

— Mais c'est un abus de pouvoir ! c'est une infamie, c'est un mensonge !

— Un mensonge ce n'est pas forcément le contraire de la vérité, tu sais. C'est… disons une interprétation qui peut rapporter gros.

— Tu m'écœures, je te trouve pitoyable… je… Je…

— Arrête de parler de toi. C'est de moi et de ma carrière qu'il s'agit. Les journaux sont là pour faire de la réclame. Il faudra t'y faire. Allez, file chez tes Arabes. Ils devraient être contents de faire la une avec moi !

Isa hésitait entre s'effondrer en pleurant, ou balancer un bol à la tête de son père lorsque sa mère, Hélène, arriva, alarmée. Elle reçut sa fille dans ses bras, sanglotant comme jamais elle ne l'avait vue. Elle l'emmena dans sa chambre, essayant vainement de la calmer.

Le père prit le téléphone et, quand il obtint le numéro demandé : « Allo ! Marco ? oui, c'est Fernand. Félicitations pour ton article. Il a déjà produit son effet ! »

L'emprise de Tizi Ouzou

Le sirocco du mois d'août étouffait Tizi Ouzou. Saïd ruminait dans son lit. Il n'arrivait pas dormir. Comment allait-il faire front à tous ces contre temps ? Même s'il espérait pouvoir fléchir son père, il y avait tout un contexte qui tissait comme des lianes autour de ses chevilles, de plus en plus haut, de plus en plus tenaces.

Sa mère par exemple, la douce Mama Zineb à la santé fragile, qu'il adorait toujours, bien qu'il en ait été séparé tout jeune pour rejoindre le camp des hommes. Sa mère aux yeux aimants, à la poitrine généreuse, doux oreiller dans lequel il aimait tant enfouir sa tête blonde pour oublier le monde. Comment imaginer ne plus la voir… peut-être plus jamais ? Ses sœurs aux dents blanches, souriantes envers et contre tout ? le petit frère qu'il devait encore aider à grandir quelques années ? tout ça pour… tout ça pour une femme, fût-elle exceptionnelle, une étrangère qu'il faudrait apprivoiser.

Le visage d'Isabelle lui apparut dans la nuit doucement illuminée par quelques faibles lampadaires. Énergique, franc, souriant à la vie, à l'amour. Il imagina son corps, équilibré, harmonieux, musclé, lui aussi prêt à l'amour. Saurait-il lui apporter le bonheur ? Non. Le bonheur, ils le partageraient naturellement, ils le découvriraient ensemble, ils l'inventeraient pour eux seuls.

De ce nuage de douceur sembla soudain sourdre une lente mélodie mélancolique, qui s'amplifia jusqu'à évoquer une voix qui se dédoublait puis suivait son rythme propre. Cela créa une dissonance que se mit à chevaucher une troisième voix complètement autonome. La ville alors sembla scintiller de tous ces effets sonores chatoyants comme une grande voile emportée par un souffle si puissant qu'il la déchire, effilochant la nuit.

Saïd se demanda si son père s'était levé pour prier. Il était croyant et avait certainement rejoint les croyants dans la fidélité. Il l'imaginait le corps ployé dans l'adoration que rappelait ce chant immatériel, l'âme désaltérée par la Sainte présence.

Était-ce un rappel à l'ordre alors que sa pensée s'égarait vers les délices de l'amour ? Il allait falloir prendre une décision avant de partir.

Alors il se leva et décida d'écrire à Isa

Ma chère Isa,

Je viens de passer un mois à Tizi Ouzou et cela n'a pas été facile de garder le moral que nous avions lors de mon départ d'Alger. Bien sûr, Tizi est ma ville de naissance où j'ai de vieilles habitudes. Mais c'est aussi le lieu de vie de mes parents, de toute ma famille, de ma vie passée. Je dois être encore un petit garçon pour avoir tant de difficultés à quitter les miens.

J'aurais voulu t'écrire plus tôt, mais je ne pouvais pas encore te dire comment mon père avait reçu la nouvelle. En fait, il savait tout par l'indiscrétion d'un de mes cousins qui nous a vus ensemble à la réunion des Jeunes Algériens. Il n'a pas manifesté franchement d'hostilité, mais il craint que cette union soit mal reçue dans le contexte un peu trouble où nous nous trouvons à Tizi. Et surtout, il craint de me voir rejeté par les tiens dont il connaît le particularisme racial.

Tout cela pour te dire que si mon amour pour toi est toujours aussi fort, il va me falloir combattre pied à pied les dragons qui se dressent entre nous. Cela risque de ralentir quelque peu l'accomplissement de notre rêve.

Mais cela m'est égal, je garde les yeux sur mon objectif, c'est-à-dire sur tes yeux à toi, sur ton regard si profond, ton regard qui voit si loin qu'il me montre déjà le bonheur qui nous attend… si nous savons attendre. Je t'aime.

Saïd

Le lendemain matin Saïd sortit de sa chambre en baillant et les yeux cernés. Mama Zineb descendait du premier étage. Le voyant, elle sourit : « Saïd, mon fils, je ne t'ai pas vu souvent depuis que tu es rentré ». Il se précipita dans ses bras. « Je suis là, Mama je t'accompagne où tu veux »

— Tu as l'air bien fatigué. Pourquoi ? Tu es en vacances ici maintenant.

— Tu sais, je fais beaucoup de choses à côté de mes études. Le scoutisme me prend pas mal de temps, les animations de jeunes étudiants aussi.

— C'est tout ?

Comment mentir aux yeux de Mama qui voient jusqu'à ton dos lorsqu'elle te regarde dans les yeux ?

Saïd se tait.

— Tu as beaucoup changé depuis que tu ne vis plus ici. Et tu vas repartir. Mais c'est normal, car tu es un homme maintenant. Tu as des préoccupations d'homme. Tu as parlé à ton père ?

— Oui, je lui ai raconté nos discussions de chefs scouts, les différences qu'il y a aussi entre ceux qui veulent faire de nos enfants des petits soldats, et ceux qui voudraient en faire des hommes intelligents, des femmes évoluées…

— Tu t'attaques à un monstre bien installé chez nous, malheureusement.

— De quoi parles-tu, Mama ?

— Tu le sais, bien que la guerre ne soit pas encore si loin, il y a des hommes qui pensent déjà à reprendre les armes pour défendre d'autres causes, d'autres intérêts. Même s'ils ont leurs raisons, ils n'hésiteront pas à détruire, à massacrer jusqu'à leurs amis, leurs voisins au nom d'une idée que tout le monde ne partage pas. Mais c'est LEUR idée, donc c'est la vérité. Et ils n'hésiteront pas à sacrifier une ou deux générations pour gagner la partie.

Saïd n'en revenait pas :

— Tu es bien pessimiste, Mama ! Il n'y a pas que les violents qui gagnent. On peut leur faire entendre raison.

— Tu sais bien que non.

— Mais… qu'est-ce qui te fait dire ça ? Tu as des craintes précises ? des choses qu'on t'a dites ?

— Il me suffit de voir et d'écouter. Tu as remarqué l'attitude de ton père et de tes cousins ?

Saïd ne répondait pas. Il revoyait Si Mohand lui parler de l'Organisation secrète. Mama était probablement au courant.

— Tu as vu des étrangers en parler avec Baba ?

— Je leur servais le café pendant qu'ils en parlaient.

— Devant toi ?

— Mohand et moi n'avons pas de secret, mais aussi nous sommes sûrs l'un de l'autre.

— Alors pourquoi m'en parles-tu ?

— Parce que tu es aussi mon fils, et que je ne veux pas te perdre.

Un souffle d'émotion et de tendresse étreignit Saïd :

« Mama ! »

Elle le prit dans ses bras.

Une fois de plus Isa descendit vers la boîte aux lettres. Cette fois elle y trouva une lettre à son nom qui venait de Tizi Ouzou. Elle savait qu'elle annonçait le retour et se fixa le temps de remonter dans sa chambre avant de l'ouvrir.

« … Ma chère Isa… »

Bien conventionnel pour une première lettre d'amour. Ou alors, peut-être ne brillait-il pas en littérature ? Ou encore… mais elle ne voulait y penser… prenait-il déjà ses distances. Elle arriva à la fin de la lettre : « Hmm ! ça sent le rattrapage, *je t'aime* après : *tant de difficultés à quitter les miens. Un petit garçon*, oui c'est ça, un petit garçon.

Eh bien moi, je suis une femme exigeante, à qui on ne la fait pas ! »

Elle déchira la lettre et la jeta dans la corbeille de son bureau. Elle enfila son maillot de bain et descendit sur la plage déjà encombrée, puis sans un regard ni à droite ni à gauche, elle se jeta dans l'eau encore froide de la nuit. Après quelques brasses, elle sentit ses pieds se raidir et vit ses mains bleuir. Elle continua jusqu'à l'essoufflement puis s'étendit sur le dos. Offrant son visage au soleil. L'eau était froide, mais une fois entré, on ressentait un certain bien être, comme un engourdissement. Si bien que lorsque la conscience du froid la reprit, elle eut quelque mal à crawler jusqu'à la plage.

Elle remonta sur le même mode, ne faisant aucun cas des regards ni des gens, une fois rentrée elle prit une douche très chaude et se jeta sur son lit, entourée d'une serviette de bain. Dans une heure elle avait rendez-vous avec Simon, Jean et quelques jeunes animateurs SMA. Elle se sentirait bien dans cette ambiance franche et sympathique. Il lui fallait tout oublier de ce qui n'était pas son action auprès des petites musulmanes. Ce travail, qui n'en était pas vraiment un, la prenait tout entière. Elle préparait ses jeux minutieusement et maintenant arrivait à deviner à l'avance quelle serait la réaction de certaines des petites. Ce terrain vague devenait sa maison. Elle y passait le plus clair de son temps.

Elle se prépara rapidement et descendit l'escalier en courant. Éliane, qui montait, lui demanda :

— Où vas-tu ?

— À Fontaine fraîche, répondit-elle sans s'arrêter.

Bien qu'il ne soit qu'une heure de l'après-midi, les enfants étaient déjà là sous le soleil d'été qui frappait fort. Isa n'eut pas besoin de rassembler les filles qui l'entourèrent spontanément en criant : bonjour Aïza ! bonjour Aïza ! Le sourire revint sur son visage et les jeux commencèrent.

Une demi-heure plus tard, les joues en feu, les visages dégoulinant de sueur, tout le monde alla s'asseoir sous le seul arbre du terrain tandis que Simon se dirigeait vers Isa.

— Alors tu as préparé un programme pour cet après-midi ?

Isa tira un carnet de sa ceinture : « Regarde. Tout s'assemblait sans un temps mort : les jeux, les danses, les chants. »

— Pour les chants, je leur fais imiter le cri d'oiseaux et on dit le nom en arabe et en français. Je m'amuse autant qu'elles, je t'assure. Il faudra que j'apprenne l'arabe, ça devient indispensable.

— Simon était ravi.

Ils parlèrent un moment jusqu'à l'arrivée des Routiers SMA qui devaient déjà affronter l'enthousiasme des garçons du quartier.

— Salut ! salut ! Tout le monde se serra la main gauche[8], puis l'un des jeunes s'adressant à Isa :

« Merci pour ta publicité sur un journal de droite ! on n'en espérait pas tant. »

— Même qu'on aurait préféré pas de publicité du tout, tu vois, surtout quand c'est récupéré par un véritable raciste comme Tradier ! poursuivit un autre.

---

[8] Salut scout.

Isa ouvrait de grands yeux.

— Le plus fort c'est qu'il nous traite de « jeunesse française » quand même ! dit un troisième, ça, c'est de la récupération illégale.

Isabelle blêmissait de plus en plus. Simon vint à sa rescousse.

— Ne dites pas de bêtises s'il vous plaît. Vous ne pouvez pas accuser Isa de faire de la publicité pour son père, alors que vous savez très bien qu'elle n'a rien à voir avec les autorités.

— Mais c'est son père qui dit qu'il s'occupe de l'animation des Arabes du quartier, et même qu'il y a une photo de sa fille, comme s'il n'y avait qu'elle ici !

— Mais Isa n'y est pour rien, vous ne comprenez pas ? C'est ce journal de droite qui a récupéré l'information et l'a vendue au député pour lui faire avoir des voix. On vous a déjà expliqué comment marche cette politique de l'Assemblée !

— Ouais… ouais… c'est pas par hasard qu'il a choisi Fontaine fraîche quand même

— Il se fait mousser avec notre savon !

— Il se pare le cul avec les plumes de nos coqs !

— C'est un vendu

— C'est un colonialiste !

Isa n'avait pas attendu la fin de la tirade pour s'enfuir en courant. Simon était furieux.

— Mais qu'est-ce que vous avez tous ? Isa ! reviens !

Mais Isa était déjà hors de vue. « Voilà ! maintenant vous allez devoir vous occuper des filles, vous êtes contents ? »

Slimane débouchait du carrefour proche du terrain vague. Il comprit vite la situation à travers l'agitation des jeunes routiers et leurs explications mêlées.

— Du calme ! s'écria-t-il. J'ai compris. J'ai lu l'article ce matin. Mais pourquoi avez-vous chassé Isa ?

— On ne l'a pas chassée, elle s'est tirée toute seule.

— Si vous ne l'aviez pas insultée au lieu de lui demander de s'expliquer, précisa Simon. Vous savez bien que si elle s'est engagée avec nous c'est qu'elle était tout à fait d'accord avec nos objectifs.

— Mais on ne s'est jamais engagés avec son père !

— Oh ! Scarface[9] quand c'est qu'on commence ? vint demander un garçon impatient.

— Pourquoi il t'appelle Scarface ?

— Parce que je me suis coupé avec mon rasoir avant-hier, et qu'ils voient tous les jours l'affiche du film sur les murs du quartier.

Les Routiers s'esclaffèrent à l'à-propos du gamin et l'atmosphère se détendit un peu.

— Bon ! On commence, cria Simon. Eh ! les filles, venez avec nous !

La volière s'ébranla à grand renfort de cris aigus et l'après-midi commença.

Le soir venu, la famille Tradier se retrouva à table, sans Isa.

— Va chercher ta sœur, Éliane, dit Fernand Tradier.

— C'est pas la peine, elle a dit qu'elle n'avait pas faim. Elle est encore en rogne.

— Contre qui ? demanda Hélène.

— Ça, elle ne le dira pas. Elle dort.

Hélène s'alarmait de l'humeur étrange de sa fille depuis quelque temps.

— Cette enfant me donne du souci.

— Oui elle est de plus en plus agressive, répliqua Fernand. Ça lui passera, elle n'arrive pas à quitter l'adolescence, c'est tout.

— Pas du tout. Je trouve au contraire qu'elle s'assume de plus en plus et sait prendre ses responsabilités.

— Bon ! Et si on mangeait ?

Hélène se renfrogna, mais cria dans le couloir :

— Tassa… Tassadit, apporte-nous le potage s'il te plaît.

— Et si cela ne te plaît pas, c'est la même chose, persifla Fernand à voix basse.

Chacun déplia sa serviette dans un silence lourd. Éliane prit son courage à deux mains :

---

[9] Film de Howard Hawks, 1932.

— Maman, est-ce que je peux disposer de la Madrague dimanche ? C'est le 15 août, tu sais.

— Dimanche, dit Fernand, c'est le jour où les Ivorra nous attendent à Fort de l'Eau.

— Oui c'est vrai. Mais il s'agit de nous deux. Tu peux donc en disposer. Mais tu sais qui tu invites, n'est-ce pas ? précisa Hélène.

— Oh ! maman, tu les connais tous. Ce sont toujours les mêmes amis.

Le retour de Saïd

Il lui fallait voir Simon de toute urgence. Par le tram, il se rendit à Bab el Oued, descendit Place de l'Horloge et grimpa 4 à 4 les escaliers de l'immeuble. Il trouva Simon qui révisait son prochain examen.

— Alors, mon vieux, quelle bonne surprise ! s'exclama Simon. Tu es rentré quand ?

— Il y a une demi-heure.

— On t'a foutu dehors ou tu ne peux plus te passer de moi ?

— Arrête Simon ! je n'ai pas envie de rire. Je voulais te tenir au courant de ce que j'ai entendu à Tizi. Et je t'assure que je suis inquiet depuis.

Simon referma son stylo et fit face à son ami : « Alors ? »

— Tout d'abord j'ai appris que j'étais sous surveillance permanente à Alger.

— De qui, des flics ?

— Non, des miens figure-toi ! Slimane, le bon Slimane et Arezki, mon cousin.

— Mais dans quel but ? c'est dingue cette histoire !

— Ils rendent compte à mon père de mes fréquentations ; mais aussi ils les interprètent.

— Et qui est ciblé ?

— Moi, bien sûr. On me surveille surtout dans le but de me protéger. Ce que je ne crois pas une minute.

— Mais, te protéger de quoi ? de qui ? et qui l'a ordonné ?

Le visage de Saïd s'assombrit.

— Sur l'ordre de mon père.

Simon réfléchissait. C'était donc plutôt une affaire de famille.

— Et qu'est-ce qu'ils ont rapporté à ton père ?

— Qu'ils m'ont vu une fois en compagnie d'une fille dont ils lui ont même donné le nom.

— Isa ?

— Bien sûr. Une fois a suffi.

— Bah ! ça n'est pas bien grave, surtout que ça n'a pas été bien loin.

— Détrompe-toi Simon. Il se peut que notre engagement devienne sérieux.

Après une hésitation, Simon sourit à Saïd : Eh bien, félicitations à toi, et bon courage. Tu n'as pas choisi la voie de la facilité, mais… je pense que tu n'as pas vraiment choisi non plus.

— Je ne pensais pas que cela me tomberait dessus si soudainement.

— Et, de son côté, il y a du répondant ?

— Oui, et du sérieux. Mais je voulais aussi te dire que mon père, qui est conciliant sur les sentiments, m'a mis au courant d'une situation bien plus grave, concernant notre avenir à tous.

Devant l'air interrogatif de son ami, il précisa : « … Et à toi aussi.

Les chefs Scouts se préparent à des confrontations à venir. Ils sont travaillés par les théories de Messali Hadj et de Fehrrat Abbas et mon père prend cela très au sérieux. De plus, il a l'air d'approuver ces actions. Cela m'a bouleversé de le voir si agressif envers la colonisation française. Il n'est plus question d'actions communes, de partage, ni de fraternité, mais de vengeance, de récupération de terre, de reconquête. »

— On n'en est pas encore là, rassure-toi, même si on commence à parler d'opposition. Cependant, je ne vois pas ta relation avec Isa dans ce contexte.

— Justement, je ne voudrais pas la décevoir, mais non plus la bercer de faux espoirs. Même si l'on n'en est pas encore là, imagine qu'il y a déjà des hommes qui sont montés au maquis en Kabylie pour organiser la baroufa !

Simon semblait troublé.

— Écoute, Saïd, j'ai rendez-vous tout à l'heure avec Isabelle, pour établir les plans d'animation de l'été. À la Madrague elle m'a dit qu'il n'y aurait personne cet après-midi. « Vas-y à ma place et prenez le temps de discuter de tout ça. À 16 h. à la Madrague.

Dis-lui que je la verrai demain après-midi au local de la Pêcherie. »

— Merci mon frère. Je te revaudrai ça.

Le car arriva à Guyotville et Saïd apprit qu'il ne poussait pas plus loin.

Courageusement, il descendit par le chemin de la Madrague et arriva en vue de la villa, trempé de sueur. Isa vint lui ouvrir et fut surprise de ne pas voir le visiteur attendu. Saïd était tout sourire : « Dieu merci ! tu es là ».

— Où voulais-tu que je sois ?

— Tu as reçu ma lettre ? dit-il sans répondre.

— Ta longue et unique lettre… (Le ton était plutôt persifleur.)

— Tu n'as donc pas compris ce que j'espérais par-dessus tout. Tu vois bien que ma première visite à Alger est pour toi.

— Dois-je en être flattée ?

— Isa, enfin, arrête de railler tout ce que je te dis. Mais qu'est-ce que tu as enfin ? J'arrive aussi vite que je le peux pour te voir et tu m'accueilles comme un importun.

— Bon ; alors explique.

Tout en parlant, Isa s'était acheminée vers sa chambre.

— Expliquer quoi ? dit-il en la suivant.

— Ton attitude hésitante, alors que tu m'avais promis « la vie entière avec toi ».

Saïd n'avait pas préparé d'arguments. Il croyait qu'une plus grande harmonie s'était déjà installée entre eux et touchait là une différence à prendre en compte. Il ne devait pas aller trop vite et la ménager avec douceur.

Isa s'était assise sur son lit. Il s'installa à ses côtés :

— Je ne me suis jamais repris, même face à mon père, tu sais. Malgré la trahison de mon cousin Arezki, même face à ma mère qui devine tout, mais comprend tout aussi.

Qu'est-ce qui ne va pas Isabelle ?

— Il y a que lorsque tu écris je t'aime, pourquoi dois-je te croire ? Où est la preuve ? À quoi puis-je me raccrocher ?

Le visage soudain grave, Saïd se livrait à un combat intérieur douloureux.

— Isa, tu connais nos coutumes !

— Je n'en ai rien à faire. Je ne suis pas musulmane.

— Mais qu'est-ce que tu veux dire enfin ? Qu'est-ce que tu attends ?

Le regard perdu par-delà la porte-fenêtre, elle regardait l'horizon calme et bleu. Puis elle détourna son visage et fixa les yeux de Saïd, l'air farouche :

— La tempête !

Incrédule et fébrile à la fois, Saïd avait peine à saisir l'allusion. Il se leva, mais Isa lui prit les mains et se leva aussi. Son expression s'était radoucie, et c'est avec tendresse qu'elle dirigea les mains de Saïd vers son visage tendu vers lui. Il en caressa doucement les contours, passa ses doigts sur les lèvres et le cou ; alors elle lui reprit les mains et les conduisit sur ses épaules où les fines attaches de sa légère robe de plage cédèrent facilement la laissant glisser jusqu'à ses pieds.

Le lendemain matin ils partirent ensemble au local de la Pêcherie où seul, Omar tenait permanence. Il fut heureux de les voir.

— Alors, Omar, tu attends toujours tes subventions ?

— Il paraît qu'il faut avoir la foi… dit-il en souriant. Et je suis « c'est bon » !

— Dis-moi, est-ce que Simon t'a laissé un message pour moi ?

— Pas vu depuis une semaine…

— Et toi, Isa, tu n'as pas non plus le plan des rencontres de Fontaine fraîche ?

— Non. Nous devions les travailler ensemble cet après-midi. Je sais qu'il travaille dur ses examens en ce moment.

— En tous cas, reprit Omar, ça carbure drôlement bien là-haut. Les parents sont venus nous remercier, tu t'en rends compte ?

Heureusement que la Commission du G.G ne le sait pas, ils seraient capables d'exiger des cotisations de la part des gosses !

— S'ils font ça, moi je fais un scandale ! dit Isa.

— Non. Il plaisante notre bon Omar, il faut le connaître !

Une idée soudaine agita Isa :

— Écoute Saïd, si tu veux attendre ici, j'en profite pour aller rapidement au Lycée Bugeaud pour consulter la liste des nouveaux bacheliers. J'ai de nombreux amis qui s'y sont présentés…

— Oui, je t'attends, au cas où Simon se pointerait.

— Alors à dans une demi-heure maximum.

Isa s'en alla prestement. Arrivée sur la Place du Gouvernement, toute à sa précipitation, elle heurta un passant qui se retourna :

— Tiens, Isabelle ! Ce n'est pas ton quartier ici pourtant ?

À son grand étonnement, Slimane la regardait en souriant.

— Ah ! Slimane. Tu descends au local ? Saïd y est.

Le sourire disparut du visage de Slimane. « Vous êtes venus ensemble ? » demanda-t-il.

— Oui. Pourquoi ?

La réponse directe à sa question non moins directe sembla libérer Slimane de sa réserve. Il regarda autour de lui puis entraîna Isa à l'ombre de la statue du Duc d'Orléans. Vaguement inquiète, elle le suivit quand même.

— Tu sais, Isabelle, j'ai été très heureux lorsque je t'ai vu débarquer dans nos réunions d'ensemble. C'est exactement ce que nous souhaitions, que des Européens se joignent à nous pour animer les enfants des rues.

Isabelle ne répondait pas, se demandant où il voulait la mener. Au bout d'un instant de réflexion, il reprit la parole :

— Mais je ne peux m'empêcher de te mettre en garde. Chez vous, la mixité filles-garçons ne cause aucun problème et c'est bien. Mais chez les musulmans, c'est toute une histoire.

— Attends, qu'est-ce que tu essaies de me dire ? Ce que j'ai constaté lors du grand rassemblement de la pêcherie, c'est tout le contraire ! Il y avait autant de filles que de garçons et même, des filles en uniforme à côté des garçons. Et ça n'avait pas l'air de poser quelque problème que ce soit !

Slimane hochait la tête d'un air embarrassé. « Oui, mais ça, c'est en groupe : plusieurs filles avec plusieurs garçons. »

— Et alors ?

— Alors, voilà plusieurs fois qu'on te voit seule avec Saïd

La colère et l'inquiétude commençaient à gagner le cœur d'Isa : « Et tu en déduis quoi ? »

— Que si tu as de l'amitié pour lui, il serait plus raisonnable de ne pas le voir seul et si souvent.

— Pourquoi, je te prie ?

— Mais tu sais bien que ces choses-là ne se font pas chez nous et que sa réputation peut en souffrir.

— Ah ! mon Dieu ! Saïd dans le rôle de la vierge effarouchée ? C'est trop drôle ! C'est vrai que chez vous, on ne fait pas l'amour non plus ! c'est un mot inconnu en arabe, ni même en kabyle n'est-ce pas, Slimane ? Tu vois, tu rougis ! L'Amour ? Connais pas ! ça te fait peur !

Elle partit d'un rire hystérique. Slimane était très gêné, mais personne de ceux qui passaient autour d'eux ne se souciait de leurs éclats de voix. Pourtant il sentait qu'il aurait du mal à convaincre cette fille rebelle. Dans un sursaut de machisme, il lui prit le bras et le serra fort, ses yeux cherchant à fléchir la volonté d'Isa :

— De toute façon tu n'auras pas ce que tu veux, ma vieille, la famille de Si Mohand ne t'acceptera jamais. Tu ne connais pas ces nobles familles de Kabylie qui ne tolèrent aucune alliance impure. Tu te fais des illusions. Tant pis pour toi. Je t'aurais prévenue.

Ceci dit, il lâcha violemment son bras et tourna le dos en s'en allant rapidement vers le tram qui quittait le quai.

Isabelle se cala contre le socle de la statue, la tête encore saturée des mots de Slimane. Elle ne sentait plus ses jambes et resta un bon moment avant de reprendre conscience de ce qui lui arrivait.

Saïd. Il lui fallait de toute urgence retrouver Saïd. Elle se dirigea comme une somnambule vers la rampe de la Pêcherie à la porte de laquelle Saïd l'attendait. Il comprit que la situation n'était pas normale et courut à ses devants.

Peu soucieux des regards, il lui entoura les épaules et ils montèrent ensemble jusqu'à la Place. Pleurant de rage, Isa lui raconta sa rencontre. Ils s'enfoncèrent dans la foule.

Août

Vers la mi-août, l'été prenait son tournant. La chaleur s'exacerbait alors que septembre y ajouterait son quota d'humidité beaucoup moins supportable que la chaleur de plein été. La plage ne désemplissait pas. Chaque heure, l'autobus de Guyotville, qui desservait régulièrement la Madrague en cette saison, déversait son contingent de baigneurs, de barboteurs, de pique-niqueurs. Des familles entières, et de nombreux enfants, portant d'énormes chambres à air de camions pour servir de radeaux, des couffins, des bombonnes, et des instruments de musique pour chanter et danser. Chaque famille plantant sa guitoune pour avoir un peu d'ombre et, éventuellement s'y déshabiller afin de revêtir son maillot de bains à l'abri des regards indiscrets.

Mais demain, on était le quinze août, et la mer était déjà mauvaise. Peu de gens avaient prévu le week-end à la plage qui descendirent du bus de la Madrague. Quelques-uns seulement faisaient trempette, se roulant dans l'écume qui pétillait comme du champagne.

À la villa Tradier, Éliane, qui désespérait de trouver l'âme sœur, donnerait sa dernière surprise-party de l'été le dimanche 15 août ; mais l'esprit n'y était pas. Bientôt ce serait la dispersion et si Isa entrait en Fac, Éliane ne savait trop qu'entreprendre, aucun soupirant ne s'étant déclaré. Une amie lui avait suggéré de concourir pour devenir Miss Alger, puis Miss France. Pourquoi pas après tout ? Elle avait une taille mannequin et pouvait prétendre à ce titre. Mais il fallait encore apprendre, à marcher, à poser, accepter n'importe quelle figuration avant d'atteindre le devant de la scène. Cela la fatiguait à l'avance.

En attendant demain, elle allait de reposer et se préparer un masque pour effacer la fatigue ; elle avait retenu la villa pour sa surprise-party et personne ne viendrait troubler sa quiétude.

Ahurie, elle vit arriver Isa qui entra en précédant Saïd pour s'assurer que le champ était libre. En les voyant entrer, Éliane s'enferma dans sa chambre en claquant la porte.

— Eh bien, l'accueil ne semble pas être meilleur ici dit Saïd. Ils entrèrent dans la chambre d'Isabelle.

— Peu m'importe, répondit celle-ci ; ce que je veux maintenant c'est que tu me dises la vérité sur ta famille. Devrons-nous nous enfuir à l'étranger pour vivre tranquilles ou faudra-t-il céder au diktat familial ?

— Primo : je ne sais pas ce qu'est un diktat, fût-il familial. Deuxio : il s'agit de moi et de mon avenir. Et je ne laisserai personne décider pour moi, de plus, en mon absence.

— Mais, ta famille…

— Ma famille m'aime et me fait confiance. Laissons passer un peu de temps et je te présenterai. D'abord à ma mère. Et là j'aurai une alliée formidable. Tu verras.

Il lui passait la main dans les cheveux et la sentait s'apaiser sous ses doigts.

C'est elle qui prit encore l'initiative en lui dégrafant la chemise.

— Isa, tu ne crois pas que…

— Quoi ?

— Éliane…

— Je l'emmerde.

Dimanche, 15 août 1948

Depuis 8 h ce matin, Francine, Chantal et Hélène qui conduisait une vieille Peugeot, étaient arrivées pour préparer la « boum ». Elles entrèrent, les bras chargés de couffins, de cartons, de sacs qu'elles allèrent déposer dans la cuisine.

— On ne fait pas trop de bruit, Éliane ? tes parents dorment encore ?

— Non, mes parents sont restés à Alger. Ils sont invités aujourd'hui. Celle qui dort encore c'est Isabelle. Sinon, elle serait déjà ici.

— On dit que les intellectuels ont autant besoin de repos et de vitamines que les manuels, déclara Chantal.

— C'est Isa que tu traites d'intellectuelle ? demanda Éliane.

— Ben oui. Elle va bien entrer en Faculté de Lettres, non ?

— Ça ne fait pas d'elle une intellectuelle, çà !

— C'est pas non plus le chemin de l'atelier ! Je te trouve bien dure avec ta sœur, dit Hélène.

— Oui, nous avons quelques différences, minauda Éliane. Bon. Si on s'occupait des sandwichs, dit-elle en jetant le pain sur la table.

Isabelle n'apparut que vers les 10 h, ensommeillée, comme sortant difficilement d'un rêve…

— Tu as veillé tard, hier soir ? lui demanda Éliane avec un petit rictus.

— Oui…

— Faut pas compter sur toi pour nous aider alors ?

— Oui, après mon bain.

— Tu as vu l'état de la mer ce matin ?

— Bof ! ça réveille.

Arrivée dans sa chambre, elle se recoucha, espérant reprendre son rêve éveillée. Saïd avait dû rentrer en auto-stop hier au soir, car il n'y avait plus de bus quand ils s'étaient séparés. Le sommeil la reprit alors que son sourire n'avait pas disparu.

Des éclats de voix la réveillèrent. Elle s'habilla rapidement et allait sortir discrètement lorsqu'Éliane entra brusquement dans sa chambre et referma derrière elle, le dos contre la porte.

— Tu crois que c'est une conduite digne des Tradier, ce que tu fais ?

— Et qu'est-ce que je fais s'il te plaît ?

— Ne me prends pas pour une gourde. Dans ta propre chambre, avec moi dans la maison !

— Ma pauvre Éliane ! Tu n'as pas compris que nous sommes vraiment amoureux et que nous envisageons un avenir commun ? Je ne suis pas une poupée de salon qu'on trimballe de dessus de lit en canapé, moi ! Je ne flirte pas moi. Je suis la femme d'un seul homme.

— Ma pauvre Isa ! Mais qui acceptera un Arabe dans la famille ? Tu le vois dans le rôle de beau-frère ! ah ! ah ! De toute façon, Papa lui cassera la gueule quand il saura.

— Papa sera ravi de ne plus avoir à gérer une fille rebelle et puis il n'est pas tout seul dans la maison. Maman a son mot à dire, non ?

Éliane se fit méprisante :

— Maman ? la pauvre ! tu sais bien que…

— De toute façon je n'ai besoin de personne pour mener ma vie comme je le veux. Personne ne décidera à ma place. Prenez tous la situation comme vous voulez et si ça ne vous plaît pas, eh bien je ferai sans vous, je n'ai pas peur de te le jurer en face, Éliane !

Bousculant sa sœur, elle descendit en courant et s'éloigna rapidement vers les dunes. Le sable était encore frais. Elle mit un certain temps à se calmer. Puis un parfum entêtant lui fit prendre conscience des lys des sables qui l'entouraient. Elle en fit une ample moisson.

Puis elle se souvint que c'était le 15 août et qu'il y aurait du monde à la villa. Est-ce qu'Éliane avait invité Saïd ? Et s'il allait ne pas venir ?

Le vent s'engouffrait sous sa chemisette légère et sa caresse la fit frémir. Le désir imprévisible qui s'empara d'elle la fit se jeter à terre. Elle roula jusqu'au pied de la dune en écrasant ses lys et les frappant au sol rageusement. Elle resta prostrée un instant puis, se redressant, aperçut une silhouette derrière une épaisse touffe de roseaux. Elle n'attendit pas que le voyeur se montrât tout entier pour comprendre ses intentions et détala aussi vite que possible.

Du plus loin qu'elle le vît, elle eut envie de crier son nom. Ainsi il venait pour elle, elle n'en doutait pas. Elle avait reconnu sa démarche parmi les passagers du bus de la Madrague. La joie lui donna des ailes. Pour la dissimuler, en vue de la villa, elle ralentit et prit un air nonchalant, car des voix l'interpellaient du haut de la terrasse. Ils étaient tous là et elle n'aurait voulu voir que lui.

Ils arrivèrent ensemble au portail. Contrairement à la joie d'Isa, Saïd avait un visage ravagé d'angoisse.

— Mais… qu'as-tu Saïd ?

— Isa, mon père est en train de mourir à l'hôpital de Mustapha ! Viens, montons, que je t'explique.

Il prit sa main et l'entraîna vers la villa où il entra d'office dans sa chambre. Isa ferma la porte clé. Le bruit des conversations animées et de la musique à plein volume s'atténua.

Il s'assit sur le lit et se mit à pleurer. Isa était sans voix. Après un ou deux sanglots, il se reprit :

— Il a eu un grave accident hier au soir et on l'a amené à Alger entre la vie et la mort.

Isa ne disait rien.

— Tu comprends ce que ça veut dire ?

Son angoisse saisit aussi Isa :

— Mais il a une chance au moins de s'en tirer ?

— Non. Ce n'est pas ce qu'on m'a dit.

— Mais, les médecins…

— Il semble qu'ils ne puissent rien faire. Sa voiture s'est encastrée dans un camion.

— Tu l'as vu ?

— Non, on ne m'a pas autorisé. Je suis venu directement te prévenir. Je ne sais pas ce que je vais devoir faire. Il faut que je le remplace dans tous ses engagements, que je rassure ma mère et mes frères et sœurs, que je prenne les rênes de ses affaires…

— C'est tout ? le coupa Isa. Tu ne peux pas le remplacer au pied levé. Ta mère et tes frères, d'accord, mais ses affaires, elles vont être gelées pendant un temps, ne t'inquiète pas. Ce sera toi le chef de toute façon.

— Tu ne connais pas l'appétit de certains de mes oncles, et le système archaïque qui règne encore dans la famille !

Saïd se cacha le visage de ses mains. Isa s'assit à ses côtés et lui parla doucement :

Je serai à tes côtés, mon amour. Je ferai tout ce que je pourrai pour t'aider et pour mériter mon titre d'épouse ! dit-elle avec enthousiasme.

La tristesse assombrit le visage de Saïd.

— Hélas, ma bien-aimée, il va nous falloir attendre encore plus que tu ne le crois. Personne ne comprendrait que je t'impose à la famille pendant que mon père lutte contre la mort… Isa… Isa ?

Isabelle s'était levée, le corps raide, l'âme brisée, prenant conscience de l'évidence qu'elle avait jusqu'alors refusé de voir : personne n'avait compris qu'ils ne faisaient plus qu'un. Les autres, encore… mais maintenant Saïd aussi. Il allait la laisser seule, vide, désarmée contre la médisance et le mépris de ceux qui ne lui pardonnaient pas d'être heureuse.

Elle irait donc seule chercher la plénitude, sans lui.

Sans un mot elle enfila son maillot et sortit.

Dans la grande salle à manger, un cha-cha-cha réunissait trois couples lorsqu'Isa entra en tenue de bain, comme indifférente à l'entourage.

Personne ne la remarqua tout d'abord. Simon était en pleine démonstration de ses talents :

— Alors, quand elle a su que je venais à la Madrague, ma tante Rébecca m'a dit : « Attention, Simon, tu vas pas te baigner aujourd'hui, c'est le 15 août, y a des couteaux dans l'eau ! »

— Et pourquoi juste le 15 août, tata ?

— Parce que c'est l'ecchymose aujourd'hui, la mer elle est mauvaise !

Des rires fusèrent. Simon était irrésistible dans ses imitations.

— Ça veut dire quoi ? demanda Éliane.

— Ça veut dire qu'aujourd'hui il ne faut pas se baigner parce que c'est dangereux, déclara Hélène, à part qu'elle se trompe sur ce qu'elle appelle joliment *l'ecchymose*, l'équinoxe c'est en septembre !

— Mais non, ce brave garçon n'a pas tout à fait tort, bien que s'exprimant dans le langage fleuri propre à son peuple imaginatif, pontifia Gérald. Il est scientifiquement prouvé que les marées d'équinoxes peuvent être meurtrières, mais pour la navigation, pas pour les baigneurs.

Avec Gérald, on ne savait jamais s'il fallait le comprendre au premier degré ou transposer ses intentions réelles. Quoi qu'il en soit, Simon n'appréciait pas l'ironie dont il faisait les frais.

— Cause toujours, m'as-tu-vu ! En attendant sur la plage, il y a le drapeau rouge depuis ce matin. Et le vent s'est encore renforcé ce soir.

Isabelle n'avait pas bougé, toujours absente, le regard fixé sur la porte qu'elle ouvrit puis descendit.

Simon l'entendit, et la voyant vêtue de son simple maillot, s'écria « Non ! Isa ne te baigne pas aujourd'hui ! »

Des protestations s'élevèrent parmi lesquelles la voix angoissée d'Éliane : « Isa, tu ne vas pas recommencer ? », mais Isa était déjà sur la plage.

— Laisse-la faire, tu vois bien qu'elle ne va pas aller bien loin dit Antoine, fataliste.

Tim remit sur la platine un mambo de Xavier Cugat, mais tout le monde était sur la terrasse. Le tumulte de la mer était si grand qu'ils devaient crier pour se faire entendre. Les vagues envahissaient maintenant la grève jusqu'au pied de la villa. D'énormes rouleaux venaient mourir en gerbes furieuses et se retiraient en ratissant la plage. C'était comme l'explosion d'un volcan suivi du chuintement de la lave incandescente. Les lames de fond arrivaient trois par trois, très proches l'une de l'autre. La côte semblait fumer de cette vapeur rose suspendue au-dessus de la mer au soleil couchant.

— Diable de fille, elle y va quand même !

— C'est du suicide !

— Ah ! les grands mots ! C'est de l'orgueil tout simplement. Elle veut nous en remontrer, c'est tout. Il faut avouer qu'elle nage bigrement bien.

Éliane, de plus en plus livide, sentait la panique grandir. Francine s'était serrée contre elle et tremblait.

— Regardez ! il y a un moment qu'on ne la voit plus !

— Il faut prévenir la vedette du port !

— Là ! la revoilà, sur la gauche, on dirait que le courant l'emporte.

— Mais non ! le courant devrait la ramener vers la plage.

Soudain, ils virent Saïd courir vers la mer et plonger en slip dans l'eau furieuse. Il disparut à son tour. À cinquante mètres environ, il ressortit et chercha des yeux la jeune fille que la hauteur des vagues ne lui permettait plus d'apercevoir. Sur la terrasse, tous lui indiquaient la direction en criant sans pouvoir se faire entendre.

Saïd vit Isa, ou plutôt une tête, ballotée comme un ballon qui rebondissait au sommet des vagues les plus hautes pour mieux s'enfoncer dans les creux. Son crawl était dévié par les courants contraires qui le secouaient et le giflaient. Un moment, il se laissa flotter pour reprendre souffle. Puis il crut entendre un appel et s'élança à nouveau dans la direction d'Isa. Après dix minutes d'une lutte épuisante, elle était à portée de voix. Mais plus Saïd avançait, plus Isa semblait s'éloigner.

— Isa ! mais qu'est-ce… que tu fais ? parvint-il à crier.

— Je t'attends !

— Isa ! ne joue pas… à ça ! En quelques brasses puissantes, il était près d'elle et lui saisit le poignet. Elle se débattait et la déferlante qui s'abattit sur eux les fit couler ensemble. Aussi bons nageurs l'un que l'autre, ils réussirent sans peine à reprendre souffle à l'air libre, toussant et crachant. Une accalmie passagère permit leur face-à-face. Saïd était hors de lui.

— Mais qu'est-ce que tu cherches, enfin ?

— Toi, dit calmement Isa. Je veux t'emmener avec moi, loin des autres.

— Mais où ?

— Tu veux savoir ?

Isa mit ses bras autour du cou du garçon et brusquement l'attira vers le fond, en essayant de l'entraîner. Ils luttaient férocement. Lui pour se dégager, elle pour le retenir, avec de courtes échappées pour aspirer un peu d'air en surface. Saïd tentait à tout prix de la ramener vers la plage. Il essaya de l'assommer pour neutraliser sa défense, mais Isa eut un réflexe plus prompt et la rage décuplant sa force, elle abattit ses deux poings ensemble sur la tête de Saïd.

Sur la plage, Simon aussi s'était déshabillé pour plonger dans l'eau en furie. Bon nageur, mais aveuglé par l'écume, il avait perdu de vue les deux silhouettes.

L'épouvante faisait suffoquer Saïd qui découvrait soudain les intentions de la jeune fille sans pouvoir y croire. Pourtant les yeux d'Isa rivés sur lui ne lui laissaient aucun doute. Il y lisait le meurtre et la folie.

— Isa, je t'en prie… Mais tu es ff…

Le premier rouleau le frappa, le second lui renversa les jambes par-dessus tête, le troisième l'enfonça tandis que ses poumons s'emplissaient d'eau.

Simon aperçut enfin une tête qui semblait s'éloigner de la plage. Puis soudain, son pied frôla un corps. Aussitôt de ses deux mains, il l'accrocha, le tirant vers le haut.

À l'hôpital de Mustapha, les pompiers arrivaient aux urgences. Simon, étudiant en médecine, avait pu les accompagner. Tout en courant à côté du brancard, il surveillait le masque à oxygène d'où sortait une respiration hachée.

L'interne de garde scruta le visage du noyé qu'ils s'étaient tous acharnés à ramener à la vie.

— On m'avait annoncé deux blessés ?

— On n'a pas retrouvé l'autre. La vedette a dû abandonner les recherches à cause de la nuit.

— Celui-ci vivra si nous faisons vite !

Toujours en courant, les infirmiers poussèrent vers l'intérieur le brancard où Saïd luttait contre le coma.

Épilogue

En cette année 1975, les affiches célébrant la visite du président français Giscard d'Estaing en Algérie couvraient encore les murs de la ville. Sur certains autres on pouvait lire à la peinture : Houari-Valéry…

En débarquant du bateau, dont il avait préféré l'approche à celle, trop rapide, de l'avion, Simon avait ressenti comme un souffle de jeunesse à la vue de la blanche kasbah. L'émotion embrumait ses yeux. Treize ans sans revoir ce pays aimé. Comment avait-il pu ?

Les autorités algériennes lui avaient bien proposé de s'installer à Alger, comme directeur de l'Hôpital, mais, jeune marié, il n'était pas assuré de la sécurité de sa femme et de ses futurs enfants. Il avait donc refusé, froissant la susceptibilité des autorités concernées.

Serait-il venu sans l'invitation de Saïd ? Peut-être pas. Mais leur amitié scellée par le drame et confirmée au-delà de l'état de guerre que tous les deux avaient connu avait dû ruser pour survivre et les avait liés pour la vie.

Sa contemplation de la ville vue du bateau fut détournée par un mouvement répétitif.

Sur le balcon de la Compagnie maritime, un bras s'agitait à son attention. Il y répondit avec bonheur, ayant reconnu Saïd en cet homme à la belle stature.

Une heure après, les bagages de Simon rangés dans le coffre, une confortable voiture les emmenait sur les hauteurs de la ville à Hydra, où se trouvait la villa de Saïd. Le chauffeur les laissa au pied des escaliers de la maison et s'en alla garer la voiture.

Une fois descendus, les deux hommes se firent face et tombèrent dans les bras l'un de l'autre.

Ils y restèrent un long moment, le temps que défile une foule de souvenirs communs, des plus joyeux aux plus sombres.

— Mon frère…

— Mon frère… Viens, je vais te présenter ma famille, dit Saïd.

Ils montèrent vers la porte de verre qui permettait à la nature environnante d'éclairer l'intérieur. Simon était éberlué par la modernité et le bon goût manifestes.

Une jeune femme, fraîche et avenante s'avança vers lui en souriant : « Bienvenue au meilleur ami de mon mari. »

— Madame, je suis très sensible à votre accueil et très ému aussi…

— Je sais ce que nous vous devons, dit-elle, et c'est nous qui sommes honorés de votre visite. Saïd s'avançait :

— Tu as déjà fait connaissance avec mon épouse Lila, je vois. Tout à l'heure, nos enfants rentreront de l'école. Tu verras tout le monde.

Simon fut conduit dans le grand salon dont la vue embrassait la baie d'Alger. Malgré les promesses qu'il s'était faites, il ne put s'empêcher d'évoquer de mémoire, le grand salon de la Madrague qui lui semblait déjà une maison de riches.

Lila s'éclipsa tandis que Saïd attaquait les explications que, pensait-il, Simon attendait.

— Tu mesures le temps passé aux changements que tu découvres, n'est-ce pas ?

Simon se contenta de sourire.

— C'était quand la dernière fois que nous nous sommes rencontrés ?

— Je ne suis pas près de l'oublier. Tu ne te souviens vraiment pas ? Si tu n'étais pas intervenu…

— Ah ! mais oui ! C'était dans les environs de Menaa, quand tu es tombé sur une patrouille qui te prenait pour un fellagha ! Je me souviens maintenant, dit Saïd en riant avec Simon.

— On ne riait pas à ce moment-là. N'empêche que le pauvre lieutenant n'y comprenait plus rien. Il avait de la peine à me considérer comme Français et c'est toi, le vrai fellagha qui l'a convaincu de son erreur.

— Voilà ce qu'il en coûte de ressembler à un Arabe !

— Cela veut dire que lorsqu'on ressemble à un blond aryen comme toi, on peut tromper tout le monde ? même l'armée ?

— En fait, j'ai bien failli ne pas convaincre mes troupes qui voulaient te descendre avec le lieutenant. J'ai dû te présenter comme mon sauveur de la noyade pour qu'ils acceptent de t'épargner. Mais aussi, qu'est-ce que tu allais faire dans ce coin reculé des Aurès ?

— J'avais un message des services sociaux pour un type qui se cachait à la Mission.

— Nous avons bien fait de t'épargner alors ?

— Vous avez dû être inspirés par Allah !

— Ou peut-être par Jéhovah, rétorqua Saïd, qui a bien dû avoir son mot à dire en faveur de chacun de nous deux !

Les deux compères riaient avec une joie juvénile, se retrouvant vingt-sept ans plus tôt du temps de leurs exploits d'étudiants. Lila entra silencieusement et déposa sur la table basse une théière, et un plat de pâtisseries : makrouts, cornes de gazelle, etc. puis sortit, toujours souriante, sur les remerciements des deux hommes.

Saïd redevint sérieux.

— Comme tu le vois, j'ai fini par épouser la plus sympathique de mes cousines. Celle avec laquelle j'ai le plus de points communs. La vie ne s'arrête pas simplement parce qu'on le désire. Même fortement comme cela m'est arrivé. Après le décès de mon père, j'ai dû renoncer à Montpellier. Puis, à partir de 1954 j'ai eu d'autres chats à fouetter. Mon père m'avait laissé les consignes pour rejoindre le maquis et comme j'ai eu la chance de ne pas me faire tuer… En 62 j'ai épousé Lila et fondé une famille, à 32 ans. À toi maintenant.

— J'ai eu la même chance que toi et cela m'a permis de participer au grand déménagement de 62, avec mes parents, ma fiancée et sa maman. Nous nous sommes mariés en France, et nous avons un garçon de dix ans maintenant. J'ai répondu à l'appel d'un hôpital de Bordeaux qui avait besoin d'un chirurgien et j'y suis bien.

— J'ai assisté à une réunion de représentants nationaux où ton nom a été évoqué lors de la répartition des responsables de santé. Je t'avais fortement appuyé… Nous avons besoin d'hommes bien formés et fiables…

Simon se pencha en avant, joignit les mains entre les genoux, puis, s'étant concentré :

— J'ai bien reçu l'appel. Mais me comprendras-tu si je t'avoue que je n'ai pas eu confiance ?

— En qui ?

— En mes futurs employeurs…

— Qui, Ben Bella ? le premier gouvernement ?

Simon répondait lentement, réfléchissant bien avant de parler :

— J'avais l'impression d'une foire d'empoigne qui ne pouvait se résoudre que par l'élimination de celui qui gênait. Ils ont signé les accords d'Évian, mais les désaccords, ils les ont réglés en sourdine, dans l'ombre.

Tu penses que je n'avais pas assez d'intérêt à rester en Algérie pour prendre ce risque ! surtout une fois marié.

Puis, retrouvant ce qui, entre temps, était devenu l'accent pied-noir.

— Et nous-z-autres, y compris ceux qui n'avaient jamais vu la France, ils nous ont appelés les rapatriés… Tu te souviens de cette discussion sur la mère patrie, au local de la Pêcherie ?

Le silence de Saïd prolongea le souvenir que Simon venait de rappeler.

— Tu étais prophétique…

— Oui, mais nul n'est prophète en son pays, tu le sais bien. C'est pour ça que j'ai dû déguerpir avec les autres, alors que j'avais bien déclaré que mon pays c'était celui-ci !

Les deux hommes étaient devenus graves et leurs opinions se rejoignaient.

— Et toi, comment as-tu fait pour résister ? demanda Simon, je t'ai connu rebelle et pas facile à manipuler. Mais de là à entrer au gouvernement…

— Je ne suis pas entré au gouvernement. Je suis chargé de mission. Déjà en 61 j'ai suivi les travaux d'un ingénieur français, et ses programmes de lutte contre la désertification, et de reboisement dans l'est algérien. Le projet était humanitaire et me convenait parfaitement. Je suis toujours plus ou moins sur cette lancée. Je me sens utile. Mais je ne me ferai pas dans la peau d'un sédentaire, ne t'inquiète pas pour moi.

L'après-midi confinait à la soirée lorsque Simon demanda : « Tu ne me ferais pas faire un tour dans ma belle ville d'Alger dont je rêve un soir sur deux ? »

— Avec un immense plaisir que je partagerai, mon frère.

Les deux hommes se levèrent en même temps. Saïd alla prévenir Lila, puis il revint :

— Viens, nous allons prendre la voiture au garage. Pas besoin de chauffeur pour une balade sentimentale.

C'était comme s'il se retrouvait dans un corps d'enfant, avec l'envie de montrer du doigt chaque rue, chaque carrefour, chaque monument en criant : « Regarde ! ». Simon se retenait difficilement d'exprimer sa joie à retrouver sa jeunesse.

Certains quartiers avaient un peu changé au rythme des constructions, mais le centre-ville avec la Grande Poste suscitait toujours l'admiration.

Saïd lui fit faire un grand tour de ville, donnant ci et là quelques explications. Simon se sentait tout à fait chez lui. La population, bien sûr… Mais tous ces jeunes avaient remplacé sans heurt ceux qui étaient partis. Et la joie qui se lisait dans ces allées et venues, dans ces rencontres libres entre filles et garçons, rendait Simon heureux.

La voiture avait amorcé la montée vers les hauteurs d'Alger et revenait vers l'est.

— Personne n'a jamais repris le projet de Fontaine Fraîche ? demanda Simon.

— Hélas ! On parle toujours de deux millions d'enfants des rues à l'heure actuelle.

Tandis que la voiture grimpait toujours, Simon constatait les transformations de ces quartiers hauts.

— Tu sais Saïd, je pense souvent à l'heure où mes enfants me demanderont ce qui nous est arrivé. Pourquoi nous avons quitté l'Algérie ?

Comment va-t-on leur expliquer ? En commençant par quoi ?

— Tu as raison. C'est à nous les premiers de leur expliquer ce que nous avons vécu. On leur dira qu'on a voulu inventer un peuple nouveau, mélangé, inventif, heureux. Mais on avait oublié que l'humanité n'est pas composée uniquement d'humanistes et on l'a payé cher.

— Excellent, Saïd ! C'est vrai que nous avons rêvé ce peuple à notre image à tous les deux. Idéalisme… ou naïveté… ou les deux à la fois.

Si tu le veux bien durant mon séjour nous prendrons le temps d'en reparler. Justement j'avais dans l'idée de te proposer des échanges entre l'Algérie et la France. Ne pourrions-nous pas imaginer… une sorte de coopération… d'échanges, afin, que tous nos enfants aient accès à tous les récits et tous les témoignages, afin de se faire eux-mêmes leur opinion. Ce n'est peut-être encore qu'une utopie… mais je crois qu'elle a des chances…

Partis dans leurs rêves, les deux compères souriaient en silence. Puis Simon interrogea :

— As-tu des nouvelles de la famille Tradier ?

— Ils sont partis en 62. Le père est mort et la mère après, je crois.

— Et… Éliane ?

— Elle n'a plus donné signe de vie après avoir refusé de rapatrier le corps de sa sœur.

Le silence à nouveau se remplit de souvenirs douloureux pour les deux hommes. Simon ne pouvait chasser la vision des rochers qui balisaient le petit port, dans lequel on avait retrouvé le corps désarticulé d'Isabelle, le lendemain de la noyade. Saïd, alors à l'hôpital, c'est Simon qui, participant aux recherches, avait fait preuve d'un courage et d'une obstination que tout le monde avait salués.

Entre-temps ils étaient arrivés devant le portail du Cimetière européen du Bd. Bru.

— Je voudrais te montrer quelque chose que peu de personnes connaissent.

— Quoi donc ?

Saïd se tut jusqu'à ce qu'il ait trouvé à garer sa voiture. La ville s'étendait à leurs pieds du côté est, offrant sa baie magnifique au regard.

— Viens, Simon.

Saïd marchait vite dans ce dédale d'allées plus ou moins entretenues. Les tombes ne devaient plus être visitées depuis longtemps.

Il s'arrêta à une croisée de chemins devant une tombe de marbre blanc. Simon s'avança, s'étonna de l'entretien parfait de la dalle et de l'énorme bouquet de fleurs fraîches à sa tête.

Dans le silence mystique qu'ils observaient tous les deux, les yeux de Simon se posèrent sur la plaque de marbre blanc et sur les magnifiques lettres dorées, en tamazight[10] avec sa traduction tifinagh[11].

Simon, berbère de naissance, lisait le tamazight.

Il déchiffra : *À mon unique Amour.*

Puis il se tourna vers Saïd qui lui souriait.

---

[10] *Tamazight : berbère en lettres latines.*

[11] *Tifinagh : berbère en signes touaregs.*

Isabelle Tradier
1929 - 1948

Remerciements

Mes chaleureux remerciements à :

- Krimo Chelef pour la transcription graphique ;
- Bachir Dahak pour les précisions juridiques et historiques ;
- Frédéric Jaulmes pour la photo de couverture ;
- Noura Metna pour la traduction berbère ;
- Thédé pour l'aquarelle.

Imprimé en France
Achevé d'imprimer en janvier 2023
Dépôt légal : décembre 2022

Pour

Le Lys Bleu Éditions
40, rue du Louvre
75001 Paris